岩 波 文 庫

31-225-3

次 郎 物 語

(三)

下 村 湖 人 作

岩 波 書 店

目次

次郎物語　第三部

次郎物語

第三部

一　運命の波

次郎《じろう》の中学一年の生活も、二学期が過ぎて、新しい春がめぐって来た。入学試験に一度つまずいた彼《かれ》は、もうそろそろ青年期に入ろうとしているのである。

青年期になると、たいていの人が、程度《ていど》の差こそあれ、理想と現実との板ばさみになって、光明《こうみょう》か暗黒かの岐路《きろ》に立つものだが、読者が、これまで、いくぶんせっかちだと思われるほどの気持ちになって知りたがっていたのも、おそらく彼のそうした生活であったらしく私には思われる。で、私も、この巻ではできるだけ彼のそうした生活について語りたいと思っている。

だが、言うまでもなく、青年期の生活は、青年期だけで独立してはじまるものではない。青年次郎の生活を準備《じゅんび》したものは、まさしく少年次郎であった。少年次郎の生活は、ちょうど山川《さんせん》の水が平野の川を流れて行くように、青年次郎の中に生きて行くのである。だから、少年次郎を知ることなしには、青年次郎の喜びも悩《なや》みもほんとうにはわからない。そこで私は、これからはじめて彼を知ろうとする人々や、これまで彼を知るには知っていても、彼の十五年間の生活の意味を、まだじっくりと考えてみる時間を有《ゆう》しなかった人々のために、ここでいちおう彼の過去をふりかえって、私の次郎観といったようなものを述べておきたいと思う。読者の中には、あるいは、それをむだだと思う人があるかもしれない。しかし、それがむだであるかどうかは、いちおうそれに眼《め》をとおしてから決めてもらっても、おそくはあるまいと思う。と言うのは、むだなことを読むよりも、むだなことを書くことのほうが、はるかにより多くの時間をむだづかいするものだということを、最もよく知っているのは、読む側の人ではなくて、書く側の人なのだから。

*

次郎の天性《てんせい》――くわしくいうと、彼が生まれ落ちたときに、天から授《さず》かった生命の生《き》地《じ》のままのすがた――が、どのようなものであったかは、むろんだれにもわかるはずがない。それは、おそらく、神様だけの胸に納《おさ》まっていることであろう。およそわれわれが個々の人間の性質について知りうることは、その人間が、この世の空気を多少とも呼吸したあとのことなのである。そして人間は空気とともに運命をも呼吸するものだが、その運命は、人間の天性を決して生地のままにはしておかないものなのだ。

　とりわけ、次郎はかなりきびしい運命の持ち主であった。しかもその運命は、生まれてすぐの子供にとってはほとんどその生活の全部だともいうべき母乳《ぼにゅう》が、母の乳房《ちぶさ》に十分めぐまれていなかったという事実にはじまったのである。もっとも、母乳の欠乏《けつぼう》というようなことは、何も取りたてて言うほど珍《めずら》しいことではなく、世間《せけん》には母の思慮深《しりょぶか》い処置によって、それを運命というほどの運命と感じないで育って行く子供も、ずいぶん多いのである。だから、次郎の場合、もし母の無思慮、というよりは、その生半可《なまはんか》な教育意識が、乳《ちち》の欠乏ということをきっかけに、つぎからつぎへと母としての不自然さの罪を犯《おか》してさえいなかったら、次郎の運命はあるいはまったくちがったものになっていたのかもしれない。そう考えると、彼のきびしい運命は、母の乳房からはじまったと言うよりは、その乳房の二、三寸奥《ずんおく》のほうからはじまったと言うほうがおそらく正しいであろう。

　ともかくも、お民《たみ》のような母をもった子供が、生まれ落ちた時に授かった天性をそのまま伸《の》ばしていけるものかどうかは、すこぶる疑《うたが》わしいのである。われわれは、これまで、次郎がしばしば怒《いか》り、悲しみ、あざ笑い、嘆《なげ》き、そしてさからうのを見て来た。また、時としては、疑い、悶《もだ》え、省《かえり》み、恥《は》じ、そして考えこむ姿《すがた》にも接して来た。彼は、勇敢《ゆうかん》であると同時に怯懦《きょうだ》であり、正直《しょうじき》を愛すると同時に策謀《さくぼう》を好む少年であるかにさえ思われたのである。あるいは、そういうのが彼の本来の面目《めんぼく》であったかもしれぬ。そして運命がたえずそれに糧《かて》を与《あた》え、彼という人間をいっそう彼らしく育てあげていたとも言えるであろう。しかし、また、彼が天から授かった性質はもっと純粋《じゅんすい》でなごやかなものであったのに、運命がそれをゆがめ、こねまわして、ついに彼ならぬ彼を作りあげてしまった、と言えないこともないのである。だが、そうしたことの判断は、しょせん、神様だけにおまかせするよりしかたがない。かりにその判断がわれわれに下《くだ》せたとしても、過去の運命というものがわれわれの手で帳消《ちょうけ》しできない以上、また、かりに帳消しできたとしても、帳消しにすることによって次郎が現在以上の人間になれると請《う》け合《あ》えない以上、今さらとやかく詮議《せんぎ》だてしてみても、はじまらないことなのである。

次郎について、われわれの知っておかなければならないもっと大事なことは、神のみが知る彼の天性が、彼のきびしい運命と取っ組みあって行くうちに、彼が一個の生命としての健全さを失いはしなかったか、ということである。彼の天性が、天性のまま伸びたかどうかは、「永遠」に向かって流れて行く生命の立場からは、元来《がんらい》たいした問題ではない。生命の流れは「運命」の高低によって、あるいは泡《あわ》だちもしようし、あるいは迂回《うかい》もしよう。また、時としては、真暗《まっくら》な洞穴《ほらあな》をくぐる水ともなろう。かりに、最初東に向かって流れ出したのが西に向きをかえたとしても、途中《とちゅう》で滞《とどこお》りも涸《か》れもせず、そして、運命の岩盤《がんばん》の底からでさえも新しい水を誘《さそ》いだして流れに力を加え、たゆむことなく「永遠」の海に向かって流れることをやめないならば、それは一個の生命としての健全さを失ったものとは言えないであろう。大事なのは、次郎がはたしてそうした健全な生命の持ち主であったかどうかということであるが、その点では、われわれは彼をある程度信用してもよかったようである。

次郎は、よかれあしかれ、たえず何かの喜びを求める少年であった。そして求めるためには、決して立ちどまることを肯《がえ》んじない生命の持ち主であった。彼は、彼の幼年時代を、すべての健康な子供がそうであるように、ひとびとに愛せられる喜びを求めて戦って来た。そして求めた愛が拒《こば》まれると、彼の戦いは相手に対する反抗《はんこう》や、虚偽《きょぎ》の言動となり、また第三者に対する嫉妬《しっと》ともなって現われたのであるが、それはむしろ、求むる心の熾烈《しれつ》さを示すものにほかならなかったのである。——求むる心は水の流れと同様、その流れが急であればあるほど、障害にぶつかって激《げき》するものだが、このことは、幼《おさな》い子供をもつ母親にとって忘れられてはならないことなのである。それは、幼い子供が何よりも激《はげ》しく求めるものは母の愛だからである。次郎の母が、次郎が十一歳《さい》になるまで、このことに気がつかなかったということは、次郎にとっても、母自身にとっても、何という不幸なことであったろう。しかし、同時に、その不幸が次郎の求むる心を打ちひしぐほどのものでなかったということは、彼の生命の健全さにとって、何というしあわせなことであったろう。

次郎が、ついに母の至純《しじゅん》な愛をかち得《え》たときの喜びは、それが久しく拒《こば》まれていたものだっただけに、限りなく大きいものであった。この時の彼の喜びこそ、彼を「永遠」への門に近づける第一歩だったとも言えるであろう。彼の愛を求むる心の態度は、それを一転機《いちてんき》として飛躍的《ひやくてき》に深まっていった。彼は、それ以来、もう完全に一個の自然児ではなくなったのである。そして、まもなく、母の死という悲しい運命によって、無限に尊《とうと》いその愛が失われた時でさえも、彼は、その死を乗りこえて母の愛を信ずることができたのである。

むろん、彼がこうした戦いを戦いぬく力は、彼自身の内部だけにあったとは言えない。もし、彼を里子《さとご》として育ててくれた乳母《うば》のお浜《はま》の、ほとんど盲目的《もうもくてき》だとも思われるほどの芳醇《ほうじゅん》な愛や、彼の父俊亮《しゅんすけ》の、聡明《そうめい》で、しかも素朴《そぼく》さを失わない奥深《おくぶか》い愛が、いつも彼の背後《はいご》から彼を支えていてくれなかったならば、そして、また、彼が物心《ものごころ》づくころから、しばしば入りびたりになり、あとでは、生家《せいか》の没落《ぼつらく》のために、ただ一人その家に預けられさえした正木《まさき》一家――母の実家――ののびのびとしたあたたかい空気が、彼を包んでいてくれなかったならば、彼の求めてやまない魂《たましい》も、あるいは何かの機会にひしゃげてしまっていたのかもしれない。人間は、全然《ぜんぜん》食物のないところでは生きることができず、全然光のない世界では物を見ることができないと同様、全然愛のない世界では希望をつなぐことができないものなのである。彼が、怒り、泣き、悲しみ、そして疑いつつも、ともかくも内なる生命の火をかきたてて生きる望みを失わなかったのは、そうした愛の支えがあったればこそである。そしてその点では、彼は恵まれすぎるほど恵まれた子供であったともいえるであろう。世には、もっときびしい運命のもとに育っている子供がざらにある。われわれは、あてのない隣人愛《りんじんあい》だけを唯一《ゆいいつ》の支えにして生きなければならない子供が、ここかしこにうろついていることを忘れてはならないのだ。

亡《な》くなった母の遠い世界からの愛を信じ、それを清澄《せいちょう》な暁《あかつき》の星のようにさえ感じていた次郎が、まもなく継母《ままはは》を迎《むか》えなければならなくなったときの惑乱《わくらん》、しかもその継母が、彼を愛するためにのみ迎えられると知った彼の狼狽《ろうばい》は、あわれにもまたほほえましいものであった。彼は、そうした惑乱と狼狽との後で、亡くなった母への思慕《しぼ》を胸深く秘めつつも、結局、すなおに新しい母の愛に抱《いだ》かれる喜びを味わうことができたのであるが、それは、彼が、彼を愛しようとする人に顔をそむけてまで暗いところを見つめるほど、ひねくれた心の持ち主ではなかったことを証明するものであった。彼のこのすなおさは、やがて大巻《おおまき》一家——継母の実家の人々——とりわけ、彼のためには、新しい祖父であった運平老《うんぺいろう》の仙骨《せんこつ》によって、いよいよ拍車《はくしゃ》をかけられることになり、彼の生命の健康さは、継母を迎えたためにかえって増進して行くかにさえ思われたのである。

運命は、しかし、そのすなおな生命を、まもなく裏切りはじめた。彼の運命の最も冷《れい》酷《こく》な代弁者は、いつも本田《ほんだ》のお祖母《ばあ》さんだったが、この時もまたそうであった。お祖母さんは、彼に対する愛の欠乏から、彼をして中学の入学試験に失敗せしめる原因を作り、また継母の彼に対する愛を他の子供に向けかえさせるためにあらゆる手段を用いた。こうして彼は、ふたたび新しい形での里子《さとご》に押《お》しもどされようとしたのである。彼も、さすがにその時には、喜びに対する一切《いっさい》の望みを絶つかとさえ思われた。彼は、彼がこれまで求めて来た人々の愛を強《し》いて拒みはじめた。愛を求める彼自らの心を、恥じ、おそれ、さげすみはじめた。そして十四歳の少年にしては、あまりにもむごたらしい自己嫌《じこけん》悪《お》にさえ陥《おちい》りかけたのである。こうしたことが若い生命にとっての大きな危機でなくて何であろう。

だが、こうした危機ですらも、彼の場合においては、決して彼の生命の不健全さを示すものではなかった。むしろ、それは、彼が彼の運命に打《う》ち克《か》つ新たな道への曲がり角に立ったことを意味したのである。彼の眼はそれ以来次第《しだい》に内に向かっていった。そして、彼は彼がこれまで求めて来たものが、いつも彼自身の外にあったのを知った。外なるものはいつも動く。内に不動なるものを確立しないかぎり、その求むる喜びは泡沫《ほうまつ》のごときものにすぎない。彼は、そうした真理におぼろげながら気づきはじめた。そして、いよいよ、自分の弱さと醜《みにく》さとを恥じ、自己嫌悪に拍車をかけていった。この自己嫌悪は、しかし、同時に彼の自己《じこ》鍛練《たんれん》であり、彼が真の意味で彼自身の生命を開拓《かいたく》して行くための大きな転機だったのである。彼は沈黙《ちんもく》がちになり、心から笑うことも怒ることもできなくなった。それは彼の内省《ないせい》による心の分裂《ぶんれつ》を示すものであった。また彼は、時として思いきった言動にも出た。それは、むろん、彼自身では、ある確信をもってやっていたことではあったが、はたから見ると必ずしも正しかったとばかりはいえなかった。むしろ、周囲の人々をして眉《まゆ》をひそめしめるようなことが多かったのである。だが、もし「考える」ということが人間を人間らしくする最もたいせつな条件の一つであるならば、彼がその間に人間として伸《の》びつつあったことだけは、たしかである。われわれは、青年期に近づいた少年が、沈黙がちになったり、すなおでなくなったり、そのほか、大人《おとな》の常識では理解のできない言動に出たりするのを見て、直《ただ》ちにその少年が生命の健全さを失いつつあるものと速断してはならないのだ。飛行機でも船でも、その方向を転ずるためには、必ずその胴体《どうたい》を傾《かたむ》ける。そしてその方向転換《てんかん》が急角度であればあるほど、その傾きも大きいのである。次郎が、これまで外に求めていたものを内に求めるようになるために、はなはだしく心の平衡《へいこう》を失ったのは、むしろ当然だったといわなければなるまい。その意味で、私は、彼の自己嫌悪が自己嫌悪に終わらず、その失われた心の平衡が、彼自身を転覆《てんぷく》させるほどはなはだしいものでなかったことを、むしろ彼のために祝福してやりたいとさえ思うのである。

だが、この場合にも、われわれは、彼が彼自身の力のみで彼の生命を健全に保つことができたと思ってはならない。愛の支えは、いかほど独立不羈《どくりつふき》になろうとする生命にとっても必要なのである。愛は、愛を拒《こば》もうとするものにこそ、最も聡明《そうめい》に与えられなければならないのだ。

では、次郎に対してこの役割《やくわり》を果たしたものはだれだったか。それは、もはや、乳母《うば》や、父や、正木老夫婦《ろうふうふ》ではなかった。というのは、彼らのうちのあるものは、それに堪《た》えうるだけの聡明さを十分に持ちあわせていたとはいえ、次郎にとっては、あまりにも身近な相手であり、そして、彼らの愛に溺《おぼ》れることを、彼自身強《し》いて拒もうとしていた相手だったからである。

この場合、次郎が、権田原《ごんだわら》先生の教えをうけていたということは、何というしあわせなことであったろう。権田原先生の教え子に対する愛には、深い思想があり、寛厚《かんこう》で、しかも枯淡《こたん》な人格のひらめきがあった。そしてその愛の表現には、次郎が強いて拒もうとする、色の濃《こ》い、血液的な表現とは、かなりちがったものがあった。次郎にとっては、それは愛というよりは、何かもっと質のちがった、高貴《こうき》なもののようにさえ感じられていたのである。かような種類の、身辺にいてしかも高く遠いところから与えるといったような、迫《せま》らない、思慮《しりょ》ある愛こそ、次郎のように「考える」ことをはじめた少年にとっては、何よりもたいせつな愛だったのである。

大巻運平老の仙骨と、その息徹太郎《そくてつたろう》の明敏《めいびん》で快活な性格も、また権田原先生に劣《おと》らず重要な役割を果たしていた。この二人は、ともに、何か第一義的なものを心の底につかんでおり、しかも、二人の間柄《あいだがら》は、親子というよりはむしろ友だちといったほうが適当なほど、愉快《ゆかい》なものであった。気のまわることでは本能的でさえあった次郎が、継母の父であり弟であるこの二人に、何のこだわりもなく近づき得たのも、そうした二人の間柄が、おのずと彼にまで延長されていたからであろう。次郎は、二人に近づくことによって、愉快な空気を呼吸し、いつとはなしに、彼自身の生命を健康に保つ力を汲《く》みとっていたのである。もっとも、二人の彼に対する愛は義理《ぎり》ある関係から生じたものであり、したがって、最初はいくぶん作為《さくい》されたものであった。しかし二人がつかんでいた第一義的なものは、その愛の表現を決してぎごちないものにはしなかったのである。

兄の恭一《きょういち》が次郎を支えていた力も、決して小さいものではなかった。恭一の胸には、青年期の初期にありがちな鋭《するど》い正義感が燃えていたが、それが彼の次郎に対する愛の表現を特異なものにした。青年や、青年期に近づいた少年の動揺《どうよう》する心を最も有効に支えうるのは、多くの場合、同年輩《どうねんぱい》か、あるいは、あまり年齢《ねんれい》のへだたりのない年長者の、こうした種類の愛である。次郎がそのころ、乳母《うば》の愛とともに、彼にとって至上《しじょう》のものであった父の愛をすら拒もうとしながら、兄との親しみを日ごとに深めていった秘密は、そこにあったのである。

幼年期から少年期の初期にかけては、たいていの人間は、よき親を恵まれることによって、自分の生命の健全さを保つことができるものである。だが、そろそろと青年期に近づくにしたがって、よき師と、よき兄弟《きょうだい》と、よき友とは、時として、よき親以上にたいせつになって来るものだ。それは決して次郎の場合だけには限られないであろう。

次郎の危機は、おおかた一年近くもつづいた。しかし彼は、こうして、彼自身の内からの力と、周囲の人々の外からの力とによって、ともかくもそれを切《き》り抜《ぬ》けることができた。そしてまもなく待望の中学にはいることになったが、その第一日に上級生からうけた無法《むほう》な暴行は、幼年時代から彼の心に芽《め》ぐみつつあった正義感を一挙に目《め》ざめさせた。同時に彼の関心の中心は家庭から学校に移り、小さいながらも、一つの「社会」が、彼の前にそろそろとその姿を現わしはじめたのである。

彼の正義感は、葉隠四誓願《はがくれしせいがん》の一つであり、そのまま校訓《こうくん》の一つともなっていた「大慈《だいじ》悲《ひ》」の精神と結びついて、彼をして、半ば無意識のうちに「愛せられる喜び」から「愛する喜び」へと、その求むる心を転ぜしめていた。そして、彼が、兄の親友で、「親爺《おやじ》」の綽名《あだな》で生徒間に敬愛《けいあい》されていた大沢《おおさわ》と相識《あいし》ることを得たことは、正義と慈悲への彼の歩みを、いっそう強健なものにしたのである。

そのうちに、彼は、ある日、はしなくも、卑劣《ひれつ》な一上級生によって、忍《しの》びがたい侮辱《ぶじょく》を加えられ、ついに敢然《かんぜん》として立ちあがることになった。この時、彼は、彼の手に小さな兇器《きょうき》をさえ握《にぎ》っていた。そして、彼の唇《くちびる》からほとばしり出た正義と公憤《こうふん》の言葉は、卑劣な暴力においてはひけをとらないさすがのその上級生を、ぐいぐいと窮地《きゅうち》に追いこんでいったのである。

この思いきった闘争《とうそう》のあとで、彼が朝倉《あさくら》先生の「澄《す》んだ眼」を発見し、その唇をとおして「みごとに死ぬことによってみごとに生きる」大慈悲の道を聞き得たことは、彼がはじめて肉親の母の愛を感じた時にも劣らないほどの大きな感激《かんげき》であった。

彼は、あとで、この大きな感激の原因となったものを、つぎつぎにさかのぼって考えていったが、その直接の原因が、かの卑劣な上級生であったことに気がついて、因縁《いんねん》の不思議さにまず驚《おどろ》いた。しかも、原因は無限につらなっていた。乳兄弟《ちきょうだい》のお鶴《つる》、乳母《うば》、そうして亡《な》くなった母、とそこまで考えていって、彼は、人間相互《そうご》のつながりの深さと広さとに思いいたり、ついに、ある神秘的なものにさえふれていったのである。これが彼の宗教心の芽《め》ばえでなかったと、だれが言い得よう。

この時の彼の深い感激は、彼をして「愛せられる喜び」を求むる心から「愛する喜び」を求むる心への転向を、はっきりと彼自身の心に誓《ちか》わせ、さらに、その誓いによって、父と、祖母と、継母と、兄と、乳母との前で、彼の過去を懺悔《ざんげ》せしむるまでに、彼の心を清純《せいじゅん》にし、勇気づけたのである。

彼のこの道心《どうしん》が生み出した周囲への結果も、またすばらしいものであった。彼は、乳母の彼に対するこれまでの盲目的な愛を一夜にして道義的、理性的ならしめた。そして翌日には、家族がうちそろって、——彼の運命の最も冷酷《れいこく》な手先であったお祖母《ばあ》さんをさえ加えて、——乳母とともに、継母の実家である大巻の家をいかにも楽しげに訪問するという、本田家はじまって以来の奇蹟《きせき》を生み出したのである。

その日の彼は限りなく幸福であった。そして、彼の胸は、運命に打《う》ち克《か》つ自信ではりきっていた。彼の生命は、まったく健康そのものだったのである。

だが、彼の幼年時代からの運命によって、彼の心の奥深く巣食《すく》って来た暗いものや、ゆがんだものが、それではたしてまったく影《かげ》を消してしまったであろうか。彼の自信と幸福とが、そのまぼろしによっておびやかされるようなことが、このさき絶対にないといえるであろうか。そしてまた、彼の将来の運命の波は、彼の生命の健全さをあざけるほどに高いものでないと、はたして保証されうるであろうか。私は読者とともに、これから注意ぶかく彼の生活を見まもって行きたいと思うのである。

二　無計画の計画(Ⅰ)

「だいじょうぶかい、次郎君。」

大沢《おおさわ》がうしろをふり向いてにっこり笑った。恭一《きょういち》もちらと次郎の顔をのぞいたが、その眼《め》は寒く寂《さび》しそうだった。

日はもう暮《く》れかかって、崖下《がけした》を流れる深い谷川の音がいやに三人の耳につきだしていた。水際《みずぎわ》に沿って細長く張っている白い氷の上に落ち葉が点々と凍《し》みついていたが、それが次郎の眼には、さっきから、大きな蛇《へび》の背紋《せもん》のように見えていたのである。

「だいじょうぶです。」

次郎は、力《りき》んでそうは答えたものの、さすがに泣きだしたい気持ちだった。

「ひもじいだろう。」

大沢は彼と肩《かた》をならべながら、またたずねた。

「ううん。」

「あかぎれが痛むんかい。」

「ううん。」

「寒かあないだろうね。」

「ううん。」

次郎は、じっさい、寒いとは少しも感じていなかった。外套《がいとう》なしの制服で、下にはシャツ一枚だったが、坂道を歩くには、それでちょうどよかったのである。しかし、ひもじくないというのも、あかぎれが痛くないというのも、たしかにうそだった。何しろ、今朝《けさ》歩きだしてから、弁当の握《にぎ》り飯《めし》のほかには水を飲んだだけだったし、足は足袋《たび》なしの下駄《げた》ばきだったのだから。

「もう少し行ったらきっと家が見つかるだろう。このぐらいの道がついていて、三里《り》も五里も人が住んでいないはずはないんだよ。」

大沢は励《はげ》ますように言った。次郎は答えなかった。すると恭一が急に立ちどまって、

「引きかえしたほうがよかあないかなあ。」

「さっきの村までかい。」

と、大沢も立ちどまって、

「しかし、あれからもう二里はたしかに歩いたんだぜ。」

次郎は、もうその時には、道ばたの木の根に腰《こし》をおろし、二人の顔を食《く》い入《い》るように見つめていた。

三人が、この冬の真最中《まっさいちゅう》に、「筑後川《ちくごがわ》上流探検」――彼らはそう呼んでいた――をはじめてから、すでに四日目である。探検とはいっても、べつに周到《しゅうとう》な計画のもとにやりはじめたのではなく、三人とも地図一枚も持っていなかった。久留米《くるめ》までは汽車で来たが、それからは川に沿って道のあるところを、本流だか支流だかの見境《みさかい》もなく、ただやたらに奥《おく》へ奥へと歩き、そして、日が暮れそうになると、行きあたりばったりに、寺があれば寺、それがなければ農家に頼《たの》んで泊《と》めてもらい、翌朝弁当を作ってもらって、一人あたりなにがしかのお礼を置いて来るといったやり方だった。何でも、第二学期の試験がすんだ日、大沢がたずねて来て雑談しているうちに、だれかが「背水《はいすい》の陣《じん》」という言葉をつかったのがもとらしく、自分で自分を窮地《きゅうち》に陥《おとしい》れて苦労をしてみるのもおもしろいではないか、という意見が出、さらにそれが、「無計画の計画」という大沢の哲学《てつがく》めいた言葉にまで発展して、翌日から、さっそくそれを実行に移そうということになり、これも大沢の発案で、「筑後川上流探検」ということに決まったわけなのである。

旅費も、むろん、そんなわけで、十分には用意していなかった。もっとも、恭一や次郎にしてみると、許しも得ないで家をとび出すわけにはいかず、だいいち一文《いちもん》なしではどうにもならなかったので、大沢の帰ったあとで、二人が父の俊亮《しゅんすけ》におずおずその計画を話すと、俊亮は、

「次郎も行くのか。」

と、笑いながら、わけなく二十円ほどの金を出してくれた。それに、はたで聞いていたお祖母《ばあ》さんも、心配しいしい、恭一の財布《さいふ》にいくらかの小銭《こぜに》を入れてくれたので、汽車に乗る前には、大沢の懐《ふところ》にしていた分まで合わせると、三十円近くにはなっていたのだった。それを大沢が全部一《ひと》まとめにして預かることになり、今日《きょう》まで何もかも賄《まかな》って来たというわけだが、それも、しかし、恭一の胸算用《むなざんよう》では、もう半分以下に減《へ》っており、そろそろ引きかえすほうが安全だと思えていたのである。

大沢は、恭一がいつまでたっても返事をしないので、今度《こんど》は次郎のほうを向いて言った。

「どうだい、次郎君、進むか、退《しりぞ》くか、今度は君《きみ》にきめてもらおう。」

次郎は、今から二里の道を引きかえすのは大変《たいへん》だ、という気がした。それに大沢の言った「進むか、退くか」という言葉が、いやに強く彼の耳に響《ひび》いた。また、一軒家《いっけんや》ぐらいは、もうまもなく見つかりそうだ、という気休めも手伝って、

「進みます。」

と、彼は元気よく立ちあがり、真先《まっさき》にあるきだした。

「多数決だ。」

大沢は恭一を見て微笑《びしょう》した。すると恭一も寂しく微笑をかえして、うなずいた。

「これからが、いよいよ無計画の計画だよ。」

歩きだすとまもなく、大沢がそう言って大きく笑ったが、恭一も次郎もそれには返事をしなかった。

それから十五、六分も歩いたが、人家はむろんのこと、人一人にも出会わなかった。そして、水音は白い泡《あわ》だけを残して、しだいに闇《やみ》をくぐりはじめた。道と川との間に、ところどころ杉木立《すぎこだ》ちがあったが、その陰《かげ》をとおると、大きな羽根をもった魔物《まもの》にでも襲《おそ》われているような気持ちだった。

「方角《ほうがく》はどうなっているんだろう。」

恭一は心細そうにたずねた。

「さあ。」

と、大沢は、せまい空を仰《あお》いだが、二つ三つ淡《あわ》い星が見えただけで、方角の見当《けんとう》は彼にもまるでつかなかった。

「とにかく、上流に向かっていることだけは、間違《まちが》いないよ。」

彼は、のんきそうにそう言ってから、すぐ、どら声《ごえ》で校歌をうたいだした。すると山びこがほうぼうからきこえ、急ににぎやかになったようでもあり、かえってものすごいようにも感じられた。

「本田《ほんだ》、歌えっ。次郎君も歌えよ。」

校歌の一節を一人で歌い終わると、彼はどなった。次郎は、しかし、歌う代《か》わりに、急に立ちどまって叫《さけ》んだ。

「あっ、見つかった、見つかった。……ほら。」

道は、その時、川から二、三町《ちょう》ほど遠ざかっていたが、道と川との間には刈田《かりた》がめずらしく段々になってひらけており、そのずっと向こうの、次郎が指《ゆび》さした山の根には、小さな藁屋根《わらやね》が一つ、夕闇《ゆうやみ》の中にぼんやりと見えていたのである。

「あれ、家かな。」

と、大沢も立ちどまって、じっとそのほうを見ていたが、

「人の住む家にしちゃ小さいぞ。それに灯《あかり》もついてない。」

「僕《ぼく》、行ってみましょうか。」

次郎は、もう道をおりかけた。

「よせ、よせ。」

と、大沢は、いったんとめたが、

「そうだなあ、いよいよ家がこの近くに見つからなかったら、肥料小舎《ごや》でも何でもいいから、そこに泊《と》まることにしよう。……とにかく探検しておくんだ。」

三人は畦道《あぜみち》の枯《か》れ草《くさ》をふんで急いだ。行きつくまでには五分とはかからなかった。大沢の想像どおり、それは小舎だったが、真暗《まっくら》な三坪《つぼ》ほどの土間《どま》の半分には、藁《わら》がいっぱい屋根裏に届くほどつんであり、入り口には戸も立てられるようになっていた。

「寝《ね》るぶんには、これだけ藁があれば十分だね。」

と、大沢は、しばらく考えていたが、

「しかし、ひもじいだろう。僕、もう少し歩いて家を見つけるから、それまで藁の中にもぐって寝ていたまえ。」

そう言って、彼は、さっさと一人で出て行ってしまった。

彼の姿《すがた》が見えなくなると、恭一と次郎とは、急に寒さを覚えた。

「僕、そこいらから枯《か》れ枝《えだ》を拾って来ようか。兄《にい》さん、マッチある?」

「ないよ。大沢君が一つ持ってるきりなんだ。」

「チェッ。」

次郎は思わず舌打ちをした。

「マッチがあったって、こんなところで火を焚《た》くと、あぶないよ。」

恭一はたしなめるように言った。しかし、彼も飢《う》えと寒さとで、もうがちがちふるえだしていた。

「寝っちまえ。」

次郎は、だしぬけに積《つ》み藁《わら》にとびつき、すばしこくそれをよじ上《のぼ》った。そして一人でごそごそ音をたてていたが、

「兄さん、ここあたたかいよ。」

と、もう一尺《いっしゃく》ほども藁をかぶっているような声だった。

「寝っちまっては大沢君にすまないなあ。」

そうは言いながら、恭一もたまりかねたと見えて、すぐ上がって来た。

「ここだよ、兄さん。……二人いっしょのほうがはやくあたたまるよ。」

次郎が藁の底から呼んだ。二人は抱《だ》きあうようにして寝た。すると、寒いどころか、

しだいにむれるようなあたたかさが藁の匂《にお》いといっしょに二人を包んだ。

「こんな旅行、おもしろいかい。」

恭一がしばらくしてたずねた。

「うむ、おもしろいよ。……だけど、ひもじいなあ。」

「僕もひもじい。こんなひもじい目にあったこと、これまでにないね。」

次郎には、しかし、ひもじいということに二通りの記憶《きおく》があった。その一つは普通《ふつう》のひもじさで、もう一つは、自分だけがおやつをもらわなかった時のひもじさだった。彼は、今でも、何かにつけ後の意味のひもじさを思い出す。「愛せられる喜びから愛する喜びへ」と心を向けかえたとはいっても、それはまだ十分に彼の血にはなりきっていなかったのである。で、つい、(僕は、もっとひもじい目にあったことがあるんだぜ)と、そんな皮肉《ひにく》を言ってみたい衝動《しょうどう》にかられた。彼は、しかし、すぐそれを後悔《こうかい》した。そして、

「大沢さんどこまで行ったんだろう。」

と、べつのことを言った。

二人は、寝床《ねどこ》が変わり過ぎているのと、ひもじいのとで、しばらくは眠《ねむ》れそうにもなかったが、体があたたまるにつれて、ついうとうととなっていた、すると、

だった。

「本田、本田――」

と呼ぶ声が、どこからかきこえて来た。恭一は、びっくりしてはね起きたが、その時には、大沢は、もう藁の上にのぼっており、真暗《まっくら》な中をごそごそと手さぐりしているのだった。

「すまんかったなあ、つい寝ちゃって。」

恭一が闇《やみ》をすかしながらそう言うと、大沢はその声のほうにはって来ながら、

「十五、六分も行くと、小さな村があったんだ。しかし、とても泊めてくれそうにないよ。どうも僕の人相《にんそう》が悪いらしいんだ。しかし、やっと駄菓子《だがし》だけは手に入れて来た。今夜《こんや》はこれでがまんするんだな。」

それから、ばさばさと紙の音をさせていたが、

「次郎君は、ねちゃったのか。――起こしちゃかわいそうかね。」

次郎も、しかし、その時には眼をさましていたのである。彼は、

「僕、おきています。」

と、恭一の肩《かた》につかまりながら、起きあがった。

三人は、それから、大沢のもって来た新聞紙の袋《ふくろ》に、かわるがわる手をつっこんでは駄菓子を食《く》った。丸いのや、四角いのや、棒《ぼう》みたいなのがあったが、色はむろんまるで

見えなかった。たいていはぼろぼろのものだったが、その中に、固くて黒砂糖《くろざとう》の味のするものがわずかばかりまじっていた。しかし、どれもこれもうまかった。三人とも、ものも言わないでむさぼり食った。袋がからになると、大沢が、

「水もあるよ。」

と、次郎の手に水筒《すいとう》を握《にぎ》らせた。次郎はぐっぐっと息がきれるまで飲んで、それを大沢にかえした。すると大沢は今度は恭一の手にそれを渡《わた》した。

「うんと飲めよ、僕はもうたらふく飲んで来たんだから。」

それでも、恭一の飲み終わったあとを、彼はからになるまで飲んだ。そしてそれがすむとすぐ、三人はかたまって藁の中にもぐりこんだ。

「僕一人で行ったのが、どうもいけなかったらしいんだ。」

と、大沢は藁束《わらたば》の落ちつきの悪いところをもぞもぞと直しながら、

「僕の人相では、やはり次郎君のような可憐《かれん》な感じがしないんだね。年をとっていると損だよ、こんな時には。」

恭一が吹《ふ》きだした。次郎は、これまで三晩とも、大沢が宿《やど》の交渉《こうしょう》をはじめると、女の人がきまったように自分のほうを見ながら、何かと同情するようなことを言ってくれたのを思い出し、くすぐったいような、恥《は》ずかしいような、そして何かみじめなような気

持ちになるのだった。

「本田だと、僕よりはいくらか可憐に見えるかもしれんが、それでも、中学も四年になると、やはり物騒視《ぶっそうし》されるね。」

と、大沢は、やっと体が藁の中に落ちついたらしく、静かになって、

「僕たちが、三晩とも無事に泊まれたのは、おそらく次郎君のおかげだったんだよ。僕の交渉が成功したとばかり思っていたんだが。」

恭一が、ふふふと笑った。

「考えてみると、やはりそれも無計画の計画だったんだ。人生って妙《みょう》なもんだね。」

大沢はしんみりした調子でそう言って、急に口をつぐんだ。

「そりゃあ、どういう意味なんだい。」

恭一が、しばらくして、思い出したようにたずねた。

「人生を動かして行くほんとうの力は、あんがい僕たちの知らないところにあるっていう気がするんだよ。」

「ふうむ。しかし、そうだからって、無計画の計画ばかりでもいけないだろう。」

「そりゃあ、むろんだ。今度の旅行はべつとして、何事《なにごと》にも計画の必要なことは、いうまでもないさ。しかし、計画には限度があるよ。いや、人間が頭でやった計画なんて

ものは、もっと大きな力、自然というか、神というか、そうした大きな力の発動に、あるきっかけを与《あた》えるに過ぎないんだ。それを忘れて傲慢《ごうまん》になっちゃあいかんと思うね。」

恭一は藁の中でうなずいた。そして、いくらか冗談《じょうだん》のように、

「君がそんなことを言いだすようになったのも、やはり無計画の計画の一つだろう。」

「たしかにそうだ。その意味でも次郎君に感謝していいね。」

次郎は二人の言っていることが、まだはっきりのみこめなかったところへ、だしぬけに自分の名前が出たので、何か変な気がしながら、

「どうしてです。」

「つまり、君の可憐さが、僕たちのこの三、四日の生命をささえて来たことになっているからさ。」

次郎は、不平を言っていいのか、喜んでいいのかわからなかった。すると恭一が言った。

「しかし、自分の可憐さを自覚したら、おしまいだね。」

「そりゃあ、そうだ。」

と、大沢は何か考えているらしかったが、

「じゃあ、この話はもうよそう。」

次郎は、何かいやなあと味《あじ》を残されたような気持ちだった。しかし、大沢も恭一も、それっきり静かになってしまったので、いつのまにか自分も眠りに落ちていった。

三　無計画の計画(Ⅱ)

それからどのくらいの時間がたったのか、次郎は、小屋のそとからだれかしきりにどなっているような声をきいて、はっと眼《め》をさました。

「起きろっ。」

「出て来いっ。」

「ぐずぐずすると、身のためにならんぞっ。」

それは一人や二人の声ではないらしかった。次郎は、さすがに胸がどきついて、息づかいが荒《あら》くなるのをどうすることもできなかった。彼《かれ》はそっと恭一《きょういち》をゆすぶってみた。すると恭一は、もうとうに眼をさましていたらしく、次郎の手を握《にぎ》って静かにせい、と合《あ》い図《ず》をした。同時に、

「僕《ぼく》に任《まか》しとけ。」

と、大沢《おおさわ》の囁《ささや》く声がきこえた。

そとの人声は、しばらく戸口のところにかたまって、がやがや騒《さわ》いでいたが、

「きっと、ここじゃよ。道をこっちにおりたところまで、おらあ見届けておいたんじゃよ。あけてみい。」

と、だれかが命ずるように言った。

戸ががらりとあくと、提灯《ちょうちん》の灯《ひ》らしい、黄色い明かりが、屋根うらの煤《すす》けた竹をうっすらと光らした。それが、闇《やみ》に慣《な》れた三人の眼には、眩《まば》ゆいように感じられた。

「おや、一人ではねえぞ。あいつは靴《くつ》じゃったが、下駄《げた》もある。」

「靴が二足あるでねえか。すると三人じゃよ。」

「そうじゃ、たしかに三人じゃ。ようし、のがすなっ。一人ものがすなっ。」

だれかが変に力《りき》んだ声で言った。

「おい、書生《しょせい》、にせ学生、出て来いっ。」

「出て来んと火をつけるぞっ。」

大沢が、その時、途方《とほう》もない大きなあくびをして起きあがった。すると、下の騒ぎは急にぴたりとしずまった。次郎は、その瞬間《しゅんかん》、何か最後の決意といったようなものを感じて、全身が熱くなるのを覚えた。

「兄《にい》さん、起きよう。」

言うなり、彼ははね起きた。大沢は、しかし、すぐ彼の肩《かた》を押《お》さえ、低い声で、

「待て、待て、僕が会ってみるから。」

次郎は何か叱《しか》られたような、それでいて、ほっとした気持ちだった。

まもなく、大沢は積《つ》み藁《わら》の端《はし》のところまではって行ったが、

「どうもすみません。しかし、僕たちは中学生です。決して怪《あや》しい者ではありません。今夜《こんや》一晩《ひとばん》ここに寝《ね》せてくれませんか。」

と、いやにていねいな調子だった。

「ばかこけっ。」

と、下の声がどなった。

「怪しいものでのうて、こんなところに寝るやつがあるけい。」

「泊《と》めてくれる家がなかったもんですから。……」

「理屈《りくつ》はどうでもええ。とにかくおらたちと村までついてくるんじゃ。」

「そうですか、じゃあ行きましょう。」

大沢は、いきなりどしんと土間《どま》に飛びおりた。恭一と次郎とは、思わず手を握りあって、息をはずませた。

「一人じゃねえだろう。三人とも行くんじゃよ。」

村の人たちの声には、どこかおずおずしたところがあった。

「かわいそうですよ、今から起こしてつれて行くのは。ことに一人はまだ小さい一年生ですから。」

「何でもええから、つれて行くんじゃよ。つれてゆかねえじゃ、おらたちの務《つと》めが果たせねえでな。」

しばらく沈黙《ちんもく》がつづいた。その沈黙を破《やぶ》って、次郎が藁の中から叫《さけ》んだ。

「大沢さん、僕たちも行きますよ。」

「そうか。……じゃあ、すまんが起きてくれ。どうもしかたがなさそうだ。」

大沢が、あきらめたように答えた。

二人が起きて行くと、村の人たちは、めいめいに大きな棒《ぼう》を握って、大沢をとりまいていた。三十歳《さい》前後から十五、六歳までの青年がおよそ十四、五人である。しかし、恭一の品《ひん》のいい顔と、次郎の小さい体とを見ると、あんがいだという顔をして、少し構《かま》えをゆるめた。

年長者らしいのが、提灯《ちょうちん》で恭一と次郎の顔をてらすようにしながら、

「おらたち、村の見張りを受け持っているんでな。気《き》の毒《どく》じゃがしかたがねえ。」

と、言いわけらしく言って、

「じゃあ、ええか。」

と、みんなに目《め》くばせした。

外に出ると、青年たちは、三人の前後に二手《ふたて》にわかれて、ものものしく警戒《けいかい》しながら歩きだした。畦道《あぜみち》を一列になって歩いたが、かなり長い列だった。提灯《ちょうちん》が先頭と後尾にゆらゆらとゆれた。次郎は三人のうちでは先頭だったが、自分のすぐ前に、大きな男が棒をどしんどしんとわざとらしくついて行くのを、皮肉《ひにく》な気持ちで仰《あお》いだ。そして歩いて行くうちに、しだいに寒さが身にしみ、踵《かかと》のあかぎれが骨までつきあげるように痛みだすと、もう「人を愛する」といったような気持ちとは、まるでべつな気持ちになっていた。

つれて行かれたのは、この辺の山村にしては不似合《ふにあ》いなほど大きな門のある家で、玄《げん》関《かん》には一畳《じょう》ほどの古風な式台《しきだい》さえついていた。

次郎たちを玄関の近くに待たして、二、三人の青年が勝手《かって》のほうにまわった。しばらくすると、

「ほう、三人、……そうか、そうか。」

と、奥《おく》のほうからさびた男の声がして、やがて玄関の板戸《いたど》ががらりと開いた。

「さあ、おあがり。」

そう言ったのは、もう八十にも近いかと思われる、髪《かみ》の真白《まっしろ》な、面長《おもなが》の老人だった。次郎は、山奥に隠栖《いんせい》している剣道《けんどう》の達人《たつじん》をでも見るような気がした。彼は、何かの本で、宮本武蔵《みやもとむさし》が敦賀《つるが》の山中に伊藤一刀斎《いとういっとうさい》を訪《たず》ねて行った時のことを読んだことがあったが、それを思い出しながら、おずおず大沢と恭一のあとについて、玄関をあがった。

通されたのは、大きな炉《ろ》の切ってある十畳ほどの広い部屋《へや》だった。老人は、

「さあ、あぐらをかいておあたり。寒かったろうな。……何でも、今きくと、藁小屋《わらごや》に寝ていたそうじゃが、あんなところで眠《ねむ》れるかの。」

と、自分も炉のはたにすわって、茶をいれだした。

「ふとんよりあたたかいです。」

大沢が朴訥《ぼくとつ》に答えた。

「ほう。そんなもんかの。で、飯《めし》はどうした、まだたべんじゃろ。」

と、老人は柱時計《はしらどけい》を見て、

「今から炊《た》かしてもええが、もうみんな寝てしもうたで、今夜は芋《いも》でがまんするかの。芋なら炉にほうりこんどくと、すぐじゃが。」

時計は、もう十二時をまわっていた。大沢は微笑《びしょう》しながら、

「芋をいただきます。」

「そうしてくれるかの。」

と、老人は自分で立ちあがって台所のほうに行った。三人は顔を見合わせた。大沢は笑ってうなずいてみせたが、恭一と次郎とは、まだ硬《こわ》ばった顔をしている。

まもなく老人は小さな笊《ざる》を抱《かか》えて来たが、それには里芋《さといも》がいっぱい盛《も》られていた。

「小さいのがええ。これをこうして灰にいけておくとすぐじゃ。」

と、老人は自分で三つ四つ里芋を灰にいけて見せ、

「さあさ、自分たちで勝手におやんなさい。遠慮《えんりょ》はいらんからの。」

「ありがとうございます。」

と、大沢は、すぐ笊を自分のほうに引きよせた。すると、老人は、

「なかなか活発じゃ。」

と、三人を見くらべながら、茶をついでくれた。

里芋が焼けるまでに、老人は、三人の学校、姓名《せいめい》、年齢《ねんれい》、旅行の目的といったようなことをいろいろたずねた。しかし、べつに取り調べをしているふうは少しもなく、ただいたわってやるといった尋《たず》ねかたであった。恭一も次郎も、しだいに気が楽になって、尋ねられるままに素直《すなお》に返事をした。

「ここの村の若《わか》い衆《しゅう》はな、――」

と老人は言った。

「そりゃあまじめじゃよ。じゃが、まじめすぎて、おりおりこの老人をびっくりさせることもあるんじゃ。今夜も旅のどろぼうが村にはいりこんだ、と言って騒いでな。わしもそれで今まで起きて待っていたわけなんじゃが、そのどろぼうというのが、あんた方《がた》だったんじゃ。はっはっはっ。」

三人はしきりに頭をかいた。

やがて里芋が焼け、話がいよいよはずんだ。

老人は、「若いうちは無茶《むちゃ》もええが、筋金《すじがね》の通らん無茶は困るな。」と言った。「あすはわしが案内してええところを見せてやる。」とも言った。また、「そろそろ引きかえして、日田《ひた》町に一晩泊まり、そこから頼山陽《らいさんよう》を学んで筑水下《ちくすいくだ》りをやってみてはどうじゃな。」とも言った。

時計はとうとう一時を二十分ほどもまわってしまった。それに気づくと、老人は、

「さあ、もう今夜はこのくらいにして、おやすみ。寝床《ねどこ》はめいめいでのべてな。……夜具《やぐ》はこの中にたくさんはいっているから、すきなだけ重ねるがええ。」

と、うしろの押《お》し入《い》れの戸をあけて見せ、

「炉の中に夜具を落としたり、足をつっこんだりしないように、気をつけてな。……便所はこちらじゃよ。」

と、障子《しょうじ》をあけて縁側《えんがわ》を案内してくれ、しまいに炉火《ろか》に十分灰をかぶせて部屋を出て行った。

三人は、床《とこ》についてからも、老人は何者だろう、とか、自分たちは藁小屋の中で夢《ゆめ》を見ているんではないだろうか、とか、そんなことをくすくす笑いながら、かなりながいことささやき合っていたが、次郎はその間に、ふと、正木《まさき》のお祖父《じい》さんと大巻《おおまき》のお祖父さんのことを思い出し、三人の老人を心の中で比較《ひかく》していた。

翌朝眼をさますと、もう縁障子には日があかるくさしていた。起きあがってみて、彼らが驚《おどろ》いたことには、畳《たたみ》の上にも、ふとんの中にも、藁屑《わらくず》がさんざんに散らかっていた。彼らは、幸《さいわ》い縁側の突《つ》きあたりの壁《かべ》に箒《ほうき》が一本かかっているのを見つけて、大急ぎでその始末《しまつ》をした。家はずいぶん広いらしく、近くに人のけはいがほとんどしなかったが、掃除《そうじ》をどうなりすましたころ、三十四、五歳ぐらいの女の人が十能《じゅうのう》に炭火《すみび》をいれて運んで来た。

「おやおや、お掃除までしてもらいましたかな。ゆうべは、よう寝られませんでしたろ。」

と、彼女《かのじょ》はきちんとすわりこんで、三人のあいさつをうけ、それから、まじまじと次郎を見ていたが、

「お母《かあ》さんが、心配していなさりませんかな。早《はよ》う帰って安心させておあげ。」

次郎はただ顔を赤らめただけだった。

朝飯は、茶《ちゃ》の間《ま》で家の人たちといっしょによばれた。広い土間の隅《すみ》の井戸端《いどばた》で洗面を終わると、そのまま食卓《しょくたく》に案内されたが、ゆうべにひきかえて、そこにはもうたくさんの顔がならんでいた。

「さあ、さあ。」

と、七十ぐらいの、品のいい、小作《こづく》りなお婆《ばあ》さんがまず三人に声をかけた。お婆さんと同じちゃぶ台には、三人の男の子がならんでいて、めずらしそうに次郎たちを見た。昨夜の老人の顔はそこには見えなかった。

次郎たちのためには、べつのちゃぶ台が用意されていた。大沢がお婆さんにあいさつをしてそのそばにすわると、恭一と次郎とがつぎつぎにその通りをまねた。さっきの女の人がちゃぶ台にのせてある飯櫃《めしびつ》と汁鍋《しるなべ》の蓋《ふた》をとって、

「さあさ、めいめいで勝手に盛《も》ってな。」

と、自分は子供たちのちゃぶ台にお婆さんに向きあってすわった。

次郎たちには、葱《ねぎ》の味噌汁《みそしる》がたまらなくおいしかった。何杯《なんばい》もかえているうちに、顔がほてって汗《あせ》をかきそうだった。

食事中に、お婆《ばあ》さんが一人でいろんなことを尋ね、いろんなことを話した。その話で、三人はおおよそ家の様子《ようす》も想像がついた。昨夜の老人は村長で、今朝《けさ》も早く何か特別の用があって出かけたらしい。子供たちの父になる人は、五、六里《り》も離《はな》れたところの小学校の校長だが、土曜日には帰って来るのだそうである。

「お爺《じい》さんは、今日《きょう》はな、十時ごろまでに役場の用をすまして帰って来るけに、それまであんたたちに待ってもろたら、と言うとりましたが。……また滝《たき》にでも案内しようと思うとりますすじゃろ。」

お婆さんは、そう言って、歯のぬけた口をつぼめ、ほっほっほっと笑った。

食事がすむと、子供たちは、いかにも次郎たちに気をひかれているような様子で、学校に行った。老人は、それからまもなく帰って来たが、すぐ三人のために弁当の用意を命じ、自分は炉のはたで一通の手紙をしたためた。

「滝まで行って来るでな。」

お婆さんにそう言って、老人が三人をつれ出したのは、ちょうど十時ごろだった。三人はいつものようにお礼の金を置くことも忘れてしまい、渡《わた》された竹の皮包みの弁当をぶらさげて、老人のあとについた。

老人の足は矍鑠《かくしゃく》たるものだったが、それでも三人の足にくらべるとさすがにのろかった。しかし、滝までは三十分とはかからなかった。滝は、老人がみちみち自慢《じまん》したとおり、世に知られないわりにはすこぶる豪壮《ごうそう》なもので、幅数間《はばすうけん》の、二尺《しゃく》ほどの深さの水が、十丈《じょう》もあろうかと思われるほどの断崖《だんがい》を、あちらこちらに大しぶきをあげて落下していた。滝壺《たきつぼ》に虹《にじ》があらわれ、岩角の氷柱《つらら》がさまざまな色に光っていたのが、いよいよ眺《なが》めを荘厳《そうごん》にした。名を半田の滝というのだった。

寒さも忘れて三十分ほども滝を眺めたあと、三人が老人にわかれを告げると、老人は、懐《ふところ》からさっき書いたらしい手紙を出して、

「たいがいにして日田まで下るんじゃや。日田に行ったら、この宛名《あてな》の人をたずねて行けばええ。中にくわしく書いておいたでな。」

と、それを大沢にわたしした。大沢は、手紙を押《お》しいただいたまま、いつものとおりには言葉がすらすらと出なかったらしく、何かしきりにどもっていた。手紙の宛名には日田町〇〇番地田添《たぞえ》みつ子殿《どの》とあり、裏面には白野《しろの》正時とあった。

三人は、それから、その日とその翌日とを、やはり無計画のまま、やたらに歩きまわった。その間に、竜門《りゅうもん》の滝という古典的な感じのする滝を見たり、何度《なんど》も小さな温泉に

ひたったりした。そしてふところもいよいよ心細くなったので、白野老人のすすめにしたがって、それからは、まっすぐに日田町に下ることにした。

日田町までは一日がかりだった。町について田添ときくと、すぐわかった。りっぱな医者のうちだった。一晩厄介《やっかい》になっているうちにわかったことだが、みつ子というのはその医者の奥さんで、白野老人の末女にあたるのだった。この人がまた非常に親切で、歳《とし》はもう四十に近かったが、まるで専門学校程度《ていど》の、聡明《そうめい》で快活な女学生のようだった。筑水下りの船も、前晩からちゃんと約束《やくそく》しておいてくれたらしく、朝の八時ごろには、家のすぐ裏の河岸に、日田米《ひだまい》をつんだ荷船がつながれていた。船賃《ふなちん》も夫人が払《はら》ってくれた。

三人はまるでお伽噺《とぎばなし》の世界の人のような気持ちになって船に乗った。船が下りだすと、みつ子夫人は河岸からしきりにハンカチをふった。

「無計画の計画も、こううまく行くと、かえって恐《おそ》ろしい気がするね。」

大沢は船が川曲《かわくま》をまわってハンカチが見えなくなると、二人に言った。

次郎も恭一も、急流を下る爽快《そうかい》さを味わうよりも、何か深い感慨《かんがい》にふけっているというふうだった。川幅の広いところには、鴨《かも》が群《むれ》をなして浮《う》いていたが、次郎はそれにもほとんど興味をひかれないらしかった。大沢が、

「鉄砲《てっぽう》があるといいなあ。」

と言うと、彼は妙《みょう》に悲しい気にさえなるのだった。そして船が巌《いわ》の間をすれすれに急《きゅう》湍《たん》を下る時にも、叫《さけ》び声《ごえ》一つあげず、じっと船頭の巧《たく》みな櫂《かい》のつかい方に見入《みい》り、かつて何かで読んだことのある話を思い出していた。それは、水に溺《おぼ》れかかったある偉大《いだい》な宗教家が救助者に身を任せきって、もがきもしがみつきもしなかったという話だった。

船が久留米《くるめ》に近づいて、水の流れがゆるやかになったころ、彼はこっそり恭一に向かって言った。

「無計画の計画ってこと、僕も少しわかったような気がするよ。」

四　宝鏡先生

筑後川《ちくごがわ》上流探検旅行が次郎に与《あた》えた影響《えいきょう》は、決して小さいものではなかった。「無計画の計画」というのは、最初大沢《おおさわ》が半《なか》ば冗談《じょうだん》めいて言いだしたことだったが、それは、次郎にとっては、彼がこれまで子供ながら抱《いだ》いて来たおぼろげな運命観や人生観に、ある拠《よ》りどころを与えることになった。彼は、それ以来、身辺のほんのちょっとしたできごとにも、その奥《おく》に、何か眼《め》に見えない大きな力が動いているように感じて、ともすると瞑想的《めいそうてき》になるのだった。それが、著《いちじる》しく彼を無口《むくち》にし、非活動的にした。学校での一番にぎやかな昼休みの時間にも、よく、校庭の隅《すみ》っこに、一人ぽつねんと立っている彼の姿《すがた》が見られた。家で、恭一《きょういち》と二人、机《つくえ》にむかっている時、どうかすると、だしぬけに立ちあがって、恭一の本箱《ほんばこ》から詩集や修養書などを引き出して来ることがあったが、それは、いつも何かに考えふけったあとのことだった。そして、詩集や修養書を自分の机の上にひろげても、べつにそれを読みいそぐというのではなく、同じ頁《ページ》にいつまでも眼を据《す》えているといったふうであった。教科書のほうの勉強は、こんなふうで、自然いくらかおろそかになりがちだったが、次郎自身それを気にしているような様子《ようす》もなかった。

彼のこうした変化が、周囲の人々の眼に映《うつ》らないわけはなかった。しかし、彼を見る眼は、人々によってかなりちがっていた。俊亮《しゅんすけ》は、「少し元気がなさすぎるようだ。体でも悪くしたんではないか」と言い、お祖母《ばあ》さんは、「次郎もいよいよ落ちついて来たようだね」と言った。お芳《よし》は、そのいずれにも相《あい》づちをうっただけだったが、お祖母さんの態度がいくらかずつ次郎に対して柔《やわ》らいで行くのを見て、内心喜んでいるようなふうだった。

次郎のほんとうの気持ちを多少でもわかっていたのは、恭一だけだったが、彼自身が、どちらかというと非活動的であり、内面的な傾向《けいこう》をもっているだけに、次郎のそうした変化によって、お互《たが》いの親しみがいっそう増してゆくような気さえしていた。

次郎のことを、最もまじめに心配しだしたのは、あるいは大沢だったかもしれない。彼はある日、恭一に向かって言った。

「次郎君が考えこんでばかりいるのを、ぼんやり眺《なが》めているのは、いけないよ。あんなふうでは、次郎君の特長はだめになってしまう。」

「しかし、どうすればいいんだい。」

恭一は、たいして気乗りのしない調子でたずねた。

「たまには、喧嘩《けんか》の相手になってやるさ。」

「次郎は、しかし、もう喧嘩はしないよ。しないって誓《ちか》っているんだから。」

「それがいけないんだ。子供のくせにひねこびた聖人君子《せいじんくんし》になってしまっちゃあ、おしまいじゃないか。」

「でも、うちじゃあ、やっと喧嘩をしなくなったって、みんな喜んでいるんだからなあ。」

「そりゃあ、お祖母さん相手の喧嘩なんか、しないほうがいいさ。しかし、兄弟喧嘩《きょうだいげんか》ぐらいは、たまにはいいよ。ことに、室崎《むろざき》をやっつけた時のような喧嘩《けんか》なら、大いにやるがいいと思うね。」

「ふうむ。……しかしあんな喧嘩なら、今でも機会があればやるだろう。」

「どうだかね、今の様子じゃあ。……僕《ぼく》が一つ相手になってためしてみるかね。」

「ためすって、どうするんだい。」

「思いきり無茶《むちゃ》な事を言って、怒《おこ》らしてみるんだ。」

「君《きみ》が何を言ったって、それを本気にはしないよ。」

「本気にするまでやってみるさ。」

「しかし、そんなにしてまで喧嘩をさせる必要があるかね。」

「あるよ。僕は、あると思うね。今のままじゃあ、妙《みょう》に考えが固まってしまって、どんな不正に対しても怒らなくなるかもしれんよ。」

大沢はすこぶるまじめだった。そして、次郎を怒らす機会の来るのを、本気でねらっているらしかった。しかし、その機会が来るまえに、思いがけない事件が次郎を待《ま》ち伏《ぶ》せていて、大沢の苦心を無用《むよう》にしてしまったのである。

＊

次郎たちの数学の受け持ちに、宝鏡方俊というむずかしい名前の先生がいた。七尺《しゃく》に近いと思われる堂々《どうどう》たる体軀《たいく》の持ち主で、顔の作りもそれに応じていかにも壮大《そうだい》な感じを与えたが、気は人一倍小さいほうだった。この先生は、はじめての教室に出ると、きまって、まず自分の姓名《せいめい》を黒板に書き、それにかなをふった。それによると、「トミテル・ミチトシ」というのが、正しい読み方だった。しかし、生徒たちの間では、だれ一人としてそんなややこしい読み方をするものがなく、陰《かげ》ではいつまでたっても「ホウキョウ・ホウシュン」としか呼ばなかった。先生にしてみると、「ホウキョウ」でもいいから、せめて姓だけにしてもらうと、それでいくぶんがまんができるのだったが、生徒たちのほうでは、その下に「ホウシュン」をつけないと、感じがぴったりしないらしく、めんどうをいとわないで「ホウキョウ・ホウシュンが……」「ホウキョウ・ホウシュンが……」と言うのだった。

しかし、何よりも宝鏡先生を神経質にさせたのは、自分に「彦山山伏《ひこさんやまぶし》」という綽名《あだな》があるのを知ったことだった。先生の郷里が大分県《おおいたけん》の英彦山《えひこさん》の付近であることはたしかだったし、また、前身が山伏だったとか、少なくとも父の代までは山伏稼業《かぎょう》だったとかいうことが、どこからかまことしやかに伝えられていたので、先生は、山伏という言葉がちょっとでも耳にはいろうものなら、その日じゅう怒りっぽくなるのだった。

こんな種類の先生については、とかく、生徒間に、あることないこと、いろんな逸話《いつわ》が流布《るふ》されるものだが、宝鏡先生についてもそれは例外ではなかった。中でも、最も奇《き》抜《ばつ》なのは、——これは小使《こづか》いがたしかに事実だと証言したことだったが——ある雨の晩《ばん》、先生が校内巡視《じゅんし》をして宿直室《しゅくちょくしつ》にかえって来ると、その入り口の近くの壁《かべ》がぼんやり明るくなっており、その前に真黒《まっくろ》な怪物《かいぶつ》が突《つ》っ立《た》っている。先生はいきなり「何者だ！」と叫《さけ》び、巨大《きょだい》な拳《こぶし》でその怪物をなぐりつけたが、怪物というのは、じつは雨合羽《あまがっぱ》を着た電報配達夫だった、というのである。小使いがとりわけ念入《ねんい》りに説明したことが真実だとすれば、配達夫は非常に腹をたて、先生を警察に引っぱって行こうとした。すると、先生は土下座《どげざ》をして平《ひら》あやまりにあやまり、おまけに金一円を紙に包んで配達夫の手に握《にぎ》らせ、やっと内済《ないさい》にしてもらったとのことである。そのころの中学校の無資格教師にとって、一円という金が相当《そうとう》のねうちものであったことはいうまでもない。

この先生が板書《ばんしょ》する文字は、その巨大な体軀《たいく》に似ず、繊細《せんさい》で、いかにも綿密《めんみつ》そうであり、算術や代数の式が黒板いっぱいに並《なら》んだところは、見た目も非常に美しかった。しかし、数学そのものの知識がすぐれているとは、決して言えなかった。というのは、その美しい文字の前で、先生が立《た》ち往生《おうじょう》することはしばしばだったからである。立ち往生する前には、先生は、きまって、「あの何じゃ」という言葉を何度《なんど》もくりかえした。生徒たちはよく心得《こころえ》たもので、先生の「あの何じゃ」が頻繁《ひんぱん》になって来ると、もう黒板から眼をそらし、お互《たが》いに鉛筆《えんぴつ》でつつきあいながら、くすくす笑いだすのだった。そうなると、先生は、いよいよ行《ゆ》き詰《づま》りの打開ができなくなるわけだが、しかし時として、先生に、その場合に処する臨機《りんき》の妙案《みょうあん》が浮《う》かんで来ないこともなかった。それは、くるりと生徒のほうを向いて、その大きな掌《てのひら》を、腰《こし》の両側に蛙《かえる》のようにひろげ、

「だれじゃ、笑ったのは。はじめからよく見とらんと、わからんはずじゃが。もう一度最初からやってみせる。ええか、今度《こんど》はよく注意して見とるんじゃぞ。」

と、さっさと黒板の字を消してしまうことだった。

次郎は入学の当時、はじめてこの先生が教室に現われて来た時には、その容貌体軀《ようぼうたいく》の偉大《いだい》さに気圧《けお》されて、息づまるような気持ちだった。彼は、先生が出欠をとる間、坂上田村麿《さかのうえのたむらまろ》をさえ連想していたのである。しかし、その印象は、十分、二十分とたつうちに、次第《しだい》にうすらいで行き、時間の終わりごろには、もう失望と軽蔑《けいべつ》の念《ねん》が彼を支配していた。もっとも、彼が、そうした気持ちを、教室で言葉や動作に現わしたことなど、これまで一度だってなかった。ことに、この夏以来、彼の心境に大きな変化が生じてからは、ほかの生徒たちが、わざと先生を怒らすような真似《まね》をしたりすると、変になさけない気持ちになり、何とかして先生に応援《おうえん》してやりたいと思うことがあった。

ところが、実は、彼のこうした同情が、かえって彼をとんでもない羽目《はめ》に追いこむことになってしまったのである。

それは、三学期も、もう終わりに近いころのことだった。宝鏡先生は、まだ寒いのに、額《ひたい》に汗《あせ》を浮かせながら、代数の問題を解《と》いていた。黒板は三枚つづきで、その問題は真《まん》中《なか》の黒板から始まって、もうそろそろ右の黒板にうつらなければならなくなっていたが、何だか八《や》幡《わた》の藪《やぶ》知《し》らずに迷いこんだといった形になり、答えが出るまでには、まだなかなか手数がかかりそうであった。生徒たちの頭もぼうっとなって来たが、先生の頭も、それに劣《おと》らずぼうっとなっているらしかった。次郎は、「あの何じゃ」がまた出なければいいが、と心配になって来た。で、それまで先生の白墨《はくぼく》について動かしていた視線をそらし、最初からの一行一行を念入りに見直した。すると三行目から四行目にうつるところで、マイナスとあるべき符号《ふごう》が、プラスになっているのを発見したのである。彼は、自分の思いちがいではないかと、二度ほど見直したが、やはりそうにちがいなかった。

「先生！」

と、彼は、我知らず叫《さけ》んだ。先生は、もうその時には、右の黒板に二行ほど書き進んでいたところだったが、次郎の声で、びくっとしたようにふり向きながら、

「何じゃ、質問か。質問なら、あとでせい。」

「質問じゃありません。あすこの符号が間違《まちが》っています。」

次郎は、先生を安心させるつもりでそう答えた。

「何？　間違っている？　どこが間違ってるんじゃ。」

先生のふだんのあから顔は、もうその時までにいくぶん青ざめかかっていたが、それでいっそう青くなった。掌《てのひら》は例によって腰の両側に蛙のように広がっていた。

「三行目から四行目にうつるところです。」

先生の眼は、犯人の眼のように、三行目と四行目との間を往復した。そしてその時には、もうほうぼうから、くすくすと笑い声が聞こえだしていたのである。

先生は、大急ぎで黒板を消した。しかし、今度は、

「もう一度、はじめからやってみせるんじゃ。」

とは言わなかった。その代《か》わりに、――それは生徒たちのまったく予期《よき》しなかったことだったが――いきなり教壇《きょうだん》をおりて、つかつかと次郎の席に近づいて来た。次郎の席は、廊下《ろうか》に近いほうから二列目の一番まえだったのである。

次郎の席のまえに立った先生は、精《せい》いっぱいの落ち着きと威厳《いげん》とをもって言った。

「お前は教室を騒《さわ》がすけしからん生徒じゃ。」

次郎には何のことだかわからなかった。彼は、驚《おどろ》きと怪《あや》しみとで、眼をまんまるにし

て先生の顔を仰《あお》いだ。

「教室を騒がす生徒は、教室におくわけにはいかん。出て行くんじゃ。」

先生は、そう言って、むずと次郎の右腕《みぎうで》をつかんだ。

「僕《ぼく》が、どうして教室を騒がしたんです。わけを言ってください。」

次郎は、このごろにない激《はげ》しい声で叫んだ。同時に、彼の左の腕は、しっかりと机の脚《あし》に巻きついた。

「先生の命令にそむくんじゃな。」

先生は、ぐっと次郎をにらみつけ、それから教室全体を一《ひと》わたり見まわした。

「僕、わけがわかんないです。わけを言ってください。」

「わけは自分でわかっているはずじゃ。」

「わかりません。」

「わからんことがあるか。先生の書《か》き誤《あやま》りに気がついていたら、なぜもっと早く言わんのじゃ。」

先生は、単に「誤り」と言う代わりに、「書き誤り」と言った。そして、力まかせに次郎の腕を引っぱった。次郎は、相変《あいか》わらず机の脚にしがみつきながら、

「僕は、たったいま気がついたんです。気がついたから、すぐそう言ったんです。」

「うそついてもだめじゃ。お前には、いつも、先生のあら捜《さが》しをしておもしろがる癖《くせ》がある。ほかの先生も、そう言っておられるんじゃ。」

次郎は、そう言われると、やにわに立ちあがって、先生に握られていた右腕をふり放した。そして一瞬《いっしゅん》、飛びかかりそうなけんまくを見せたが、そのまま、わなわなと唇《くちびる》をふるわせて言った。

「僕は教室を出て行くの、いやです。」

先生は、そのすさまじい態度に、ちょっとたじろいだふうだったが、教室中の視線が自分に集まっているのに気づくと、思いきり大声でどなった。

「何じゃ、貴様《きさま》は先生に反抗《はんこう》する気じゃな。」

「反抗します。間違った命令には従いません。」

次郎の声も鋭《するど》かった。

さて、事態がそこまで進むと、先生がこれまで自分の威厳《いげん》を保つために蓄《たくわ》えていたわずかばかりの心のゆとりも、もうめちゃくちゃだった。

「こいつ！」

と、先生は、自分が先生であることも、相手が自分の三分の一か四分の一しかない小さな生徒であることも忘れ、その大きな両手で、机ごしに次郎の制服の襟《えり》のあたりを鷲《わし》づかみにして、引きよせた。むろん、もうその時には、ほかの生徒たちの視線など気にかけている余裕《よゆう》はなかったのである。

次郎の体は襟首をつかまれて、机の上に蔽《おお》いかぶさったが、彼は、何と思ったか、そのまま両腕を机の下にまわして、柔道《じゅうどう》の押《お》さえ込《こ》みのような姿勢《しせい》になった。そのはずみに、筆入《ふでい》れが床《ゆか》に落ち、鉛筆《えんぴつ》や、ペンや、メートル尺や、小さな三角定規《じょうぎ》などが、ががらと音をたててあたりに飛び散った。

先生は、次郎を机から引きはなそうとあせったが、次郎の体は、まるでだにのように机にしがみついていた。むりに引き起こすと、机の脚《あし》が宙《ちゅう》に浮いた。その間に、先生の息づかいは次第に激しくなり、顔色は気味《きみ》わるいほど青ざめて来た。

ほかの生徒たちは、もうその時には総立ちになっていたが、ふしぎに、だれも声を出す者がなかった。しかし、次郎の机の脚が三、四回ほども宙に浮いたり、床にぶっつかったりしたころ、だれかが、とうとうたまらなくなったらしく、叫んだ。

「がんばれ！」

すると、つづけざまに二、三か所から同じような声がきこえた。

その声は、先生の興奮《こうふん》した耳にもたしかにはいったらしかった。その証拠《しょうこ》には、先生は、その声がすると、急に次郎を机から引きはなすことを断念《だんねん》し、その代わりに、机もろとも、次郎をうしろから抱《だ》きかかえて、廊下《ろうか》に出し、戸をぴしゃりと閉めてしまったのである。

次郎は、廊下に出されてからも、しばらくは机の上に顔を伏《ふ》せていた。涙《なみだ》は出なかった。しかし、涙以上のせつないものが彼の胸の底からわいて来るのを感じた。

彼はその感じで突《つ》きあげられたように、むっくり顔をあげた。そして長い廊下の端《はし》から端に視線を走らせた。どこにも人影《ひとかげ》が見えなかった、ただ、自分と自分の机だけが、ひっそり閑《かん》と立っているのが、彼には異様《いよう》な世界のように思われた。

すぐ隣《となり》の教室からは、英語の斉唱《せいしょう》の声がきこえだした。しかし彼自身の教室は、気味わるいほど静まりかえっている。彼は、ぴったり閉まっている戸口にじっと眼を据《す》えた。そして、自分はこれからどうすればいいんだ、と考えた。しかし、彼の考えはとっさにはまとまらなかった。何も自分に悪いことなんかありゃしない、堂々と教室にはいって行くんだ、とも考えられたし、また、はいって行くのがいかにも未練《みれん》がましいようにも思えたのである。

そのうちに、教室の中の気配《けはい》が変に騒がしくなって来た。言葉ははっきりと聞きとれなかったが、先生が何か言うと、生徒がほうぼうからそれに突っかかっているような様子である。次郎はじっと耳をすました。すると、廊下に面した磨硝子《すりガラス》の窓の近くの席から、よく聞きとれる声がきこえた。

「本田《ほんだ》は、ふだんから、先生のあら捜《さが》しなんかする生徒ではありません。それは僕がよく知っています。」

その声の主《ぬし》は、次郎がこのごろ急に親しくなりだした新賀《にいが》峰雄《みねお》にちがいなかった。新賀はいつも、ずばずばとものを言う生徒だった。体格もりっぱで、顔にどことなく気品《きひん》があり、入学の当初から、おれは将来は海軍に行くんだ、といつも言っていた。

新賀の声に応じて、「そうです、そうです」と叫ぶ声があちらこちらから聞こえた。次郎はそれを聞くと、なぜか急に泣きたくなった。彼はいっさんに廊下を走って校庭に出た。そして、かつて五年生の室崎を向こうにまわし、必死の戦いをいどんだことのある銃器庫《じゅうきこ》の陰《かげ》に身をかくして、しきりに涙をふいた。

鐘《かね》が鳴り、さらにつぎの時間の鐘が鳴っても、彼はそこを動かなかった。無届《むとど》けで早引《はやび》けをしたり、あいだの時間を休んだりすることは、校則でとりわけ厳重《げんじゅう》に禁じられているのを、百も承知《しょうち》の彼だったが、そんなことは、彼にとって今はまったく問題ではなかった。彼は考えれば考えるほど、無念《むねん》さで胸がふくらんで来るだけだった。夏以来、彼自身でも健気《けなげ》な努力をして来たつもりだったが、それもむだだった、という気がしてならなかった。それで無念さがなおいっそうかきたてられた。「無計画の計画」という言葉をとおして、いくらか形を与えられかけていた彼の人生観も、そうなると、もう何の役にもたたなかった。

「ちえっ。」

と、彼は何度も舌打ちをしたあと、やっと一、二歩足をかわしたが、しかし、どこに行こうというあてもなかった。彼はただそこいらを行ったり来たりした。彼の靴裏《くつうら》には、白楊《ポプラ》の葉にうずもれてまだ新芽をみせない枯《か》れ草《くさ》が、ぼそぼそと音をたてた。

歩きまわっているうちに、ふと、彼の頭に妙《みょう》な考えが浮かんで来た。それは、

（これからうんと数学を勉強するんだ。そして毎時間山伏を困らしてやるんだ。）

という考えだった。そう考えた時の彼の心に浮かんでいた先生の名は、むろん、「トミテル」ではなかった。また「ホウキョウ・ホウシュン」でもなかった。それはたしかに「山伏」にちがいなかったのである。

彼は、われ知らず、もう半年以上も忘れていた皮肉《ひにく》な微笑《びしょう》をもらした。そして、靴《くつ》のかかとで二、三回強く枯れ草をふみつけたあと、思いきったように教室のほうに足を運んだ。足を運びながら、彼は、小学校三年のころ、亡《な》くなった母に、お祖父《じい》さんの算盤《そろばん》をこわしたのはお前だろう、とおっかぶせられて、そのまま無実の罪を被《き》てしまった時のことを思い出し、さすがにいやな気持ちになった。しかし、それは彼の決心をにぶら

すどころか、かえって彼を興奮させるに役だつだけだったのである。

教室にはいると、彼は、

「おくれました。」

と、ただそれだけ言って、自分の席についた。彼の机は、もうあたりまえに並《なら》べてあり、筆入れも、中身といっしょに、きちんとその上にのせてあった。

その時間は、ちょうど学級主任の小田《おだ》という若い国語の先生の時間だったが、次郎の顔を見てちょっとうなずいたきり、おくれた理由を問いただしてみようともしなかった。次郎は、もう先生は何もかも知ってるんだ、と思った。

時間は、あと二十分ばかりだったが、授業には、むろんよく身が入らなかった。そして、その時間がすむとちょうど午前の授業が終わりになるので、次郎は、早引けを願って帰ろうかとも考えていた。ところが、いよいよ鐘が鳴ると、小田先生は次郎の机のそばにやって来て言った。

「飯《めし》をすましたら、すぐ私の所に来るんだ。それから、朝倉《あさくら》先生も、君に話があると言っていられる。」

次郎は、朝倉先生ときいて、急に胸がどきついた。それはこわいともうれしいともつかぬ、そして妙にひきしまるような愛情の鼓動《こどう》だった。

五　誤解《ごかい》する人

小田《おだ》先生の姿《すがた》が教室から消えると、生徒たちは、くちぐちに、次郎に同情の言葉をなげかけた。とりわけ新賀《にいが》は、次郎の机《つくえ》のそばにやって来て、真剣《しんけん》に彼《かれ》を励《はげ》ました。

「ホウキョウ・ホウシュンが、きっと自分勝手な理屈《りくつ》をつけて、朝倉《あさくら》先生に言いつけたんだよ。かまうもんか、君《きみ》にちっとも悪いことなんかないんだから。……朝倉先生にだってだれにだって、びくびくするな。先生のほうで君が悪いと言ったら、僕《ぼく》きっと君に応援《おうえん》するよ。」

次郎は黙《だま》ってうなずいた。そしてすぐ弁当をひらいたが、彼の気持ちはかなり複雑《ふくざつ》だった。

朝倉先生には、室崎《むろざき》との事件以来、めったに会ったことがない。言葉をかわす機会など、まるでなかった。それでも、彼の心に生きている先生は、いつも新鮮《しんせん》だった。たまたま廊下《ろうか》などですれちがったりすると、彼は処女のように顔をあからめて敬礼《けいれい》した。先生は、それに対して、ただうなずくだけだったが、その微笑《びしょう》をふくんで澄《す》みきっている眼《め》が、何かとくべつの意味をもって彼を見ているように彼には感じられるのだった。彼が学校にいるかぎり、彼の意識の底には、いつもその眼があり、古ぼけた校舎もそれで光っていたし、彼の教室に出て来る凡庸《ぼんよう》な先生たちにも、それでいくらかがまんができていたのである。

それにもかかわらず、きょうは不思議に、今までその眼を思い出さなかった。騒《さわ》ぎの最中《さいちゅう》はとにかくとして、室崎との事件のあった銃器庫《じゅうきこ》の裏に、あんなにながいこと一人でいながら、どうしてそれが思い出せなかったのか、彼自身にもわからなかった。彼は、何か罪《つみ》でも犯《おか》したように思って、気がとがめるのだった。

しかし、一方では、まもなく朝倉先生の前に出て、事実をはっきりさせることができるんだと思うと、何か昂然《こうぜん》たる気持ちにさえなった。彼は、いつのまにか、朝倉先生の前で、宝鏡先生を言《い》い伏《ふ》せている自分を想像して、一人で力《りき》んでいた。

(先生は自分から進んで、僕に話したいことがあると言われた。それは、きっと僕を信じていてくださるからだ。)

彼は、そんなふうに考えた。

だが、また一方では、変に怖《こわ》いような気がしないでもなかった。室崎との事件のあとで、先生に「自分より強いと思っていたものに一度勝つと、そのあと善《よ》くなる人もあるが、かえって悪くなる人もある。」と言われたことが、ふと思い出された。彼は、あまり図《ず》に乗ってしゃべるようなことはすまい、と自分の心に言いきかせた。

弁当をすますと、彼は、はやるような、それでいて変に重たいような気持ちで廊下を歩いた。教員室の戸をあけると、炭火のガスでむっとする空気が、部屋中《へやじゅう》にこもっているのを顔に感じた。彼は、その空気の中を小田先生の机のそばまで歩いて行った。

小田先生は、次郎を見ると、待っていたように立ちあがって、彼を別室へつれこんだ。その室《へや》は、生徒監室《せいとかんしつ》のすぐ隣《となり》で、何か問題の起こった時に、生徒を取り調べたり、訓戒《くんかい》したりする室だった。次郎は、この室にはいるのははじめてだったが、さすがに身がひきしまるのを覚えた。

ところどころ虫の食《く》った青毛氈《あおもうせん》のかけてある卓《たく》を中にして腰《こし》をおろすと、先生はすぐたずねた。

「宝鏡先生が、非常に怒《おこ》っていられるが、いったい、どうしたんだ。」

「僕には、わかんないです。」

次郎は、そっけなく答えた。が、すぐ、言い直すように、

「ほかの生徒にきいてくだされば、わかるんです。」

「それはきいてみたんだがね。宝鏡先生の言われるのとは、ちがっているんだ。」

「どうちがっているんですか。」

次郎は、あべこべに詰問《きつもん》するような調子だった。

「宝鏡先生は、君には、いつも先生の揚《あ》げ足《あし》をとっておもしろがる癖《くせ》がある、と言われるんだ。」

「揚げ足をとるって何ですか。」

「先生のちょっとした言《い》い損《そこな》いや書き損いをつかまえて、とやかく言うことだよ。」

まるで、国語の質問にでも答えているような言い方だった。

「すると、先生にどんな誤《あやま》りがあっても、生徒は黙《だま》っているほうがいいんですか。」

次郎は、もうすっかり意地《いじ》わるくなっていた。彼には、小田先生が、宝鏡先生のほうに非《ひ》があるのを知っていながら、強《し》いてそれを弁護《べんご》しようとしているとしか思えなかったのである。

「うむ――」

と、先生は行きづまって、変な笑いをもらした。すると、次郎は、その笑いに食《く》いつくように言った。

「先生、僕たちにそれをはっきり教えてください。僕たちは、先生が間違《まちが》いをなさるのをおもしろがるなんて、そんなことちっともないんです。僕たちはただ困るだけです。

だから、それを見つけたらすぐそれを言うんです。それが悪いんですか。」

「それは悪くないさ。しかし、わざと教室をさわがすために、それを言うのはいかんよ。」

「僕には、さわがすつもりなんかなかったんです。僕はホウキョウ先生が気《き》の毒《どく》だったんです。」

「しかし、トミテル先生は――」

と「トミテル」に力をいれて、

「君に騒がすつもりがあった、と信じていられるんだ。先生は君にいつもそんな癖があると言われる。」

次郎は、急に黙りこんだ。そして、それっきり、先生の顔をまともに見つめたまま、何を言われても返事をしなくなった。先生のほうでは、

「宝鏡先生は、君に教室をさわがすつもりがあったと言われるし、君はそうでないと言うし、私もどちらを信じていいか、実はわからないでいるんだ。」

とか、

「君に実際やましいところがなければ、自分で宝鏡先生に礼をつくしてお話ししたら、先生もきっとわかってくださるだろう。」

とか、いろいろ次郎の気持ちに妥協《だきょう》するようなことを言ってみたが、次郎の沈黙《ちんもく》は頑《がん》としてやぶれなかった。

小田先生は、すっかり手こずってしまった。もともとこの先生は、次郎という人間をよく知っていたわけでもなく、学級主任として、この問題に自分でいちおうの解決をつける責任があり、それには、次郎はまだ一年生のことだし、よく言って聞かせて、ともかくも謝罪《しゃざい》させ、その上で生徒監《せいとかん》である朝倉先生に訓戒《くんかい》でもしてもらえば、それ以上のことはないぐらいにしか考えていなかったのである。しかし、こうなると、もう解決どころのさわぎではなく、自分の立場までがどうやらあやしくなって来た。浅い良心で、おざなりの形式をふんで行くことを健全な教育法だと心得《こころえ》がちな、温良型《おんりょうがた》の先生がよく味わう悲哀《ひあい》なのである。

「本田《ほんだ》！」

と、先生の温良な声は、もうすっかり悲痛な調子に変わっていた。

「先生が、これほど事《こと》をわけて話しているのに、なぜ返事をしないんだ。」

次郎は、しかし、その程度《ていど》の悲痛さに動かされるほど、単純《たんじゅん》な生徒ではなかった。彼は依然《いぜん》として先生を見つめたまま沈黙を守っている。

「じゃあ、私はもう知らんぞ。生徒監室に引《ひ》き渡《わた》すが、それでいいのか。」

先生は、早くもその取《と》っときの奥《おく》の手《て》を出すことを余儀《よぎ》なくされた。次郎は、それで、やっと口をきくにはきいたが、その答えは、先生の予期《よき》に反して、あまりにも簡単明瞭《かんたんめいりょう》だった。

「いいです。」

これは、しかし、彼のやけくそから出た言葉でもなく、さればといって、朝倉先生に一刻《いっこく》も早く会いたいための言葉でもなかった。彼は、実際、生徒監室がどんなところか、そしてそこにはどんな先生がいるのか、上級生たちが知っているほど、くわしく知っていたわけではなかったのである。ただ、彼は、彼にとってまったく無意味だとしか思われない言葉を、いつまでも聞いているのがばかばかしかった。で、与《あた》えられた機会を無《む》造作《ぞうさ》につかんで、対談をぶち切ってしまったまでのことで、それが相手にとってどんな迷惑《めいわく》になるかは、むろん、彼の知るところではなかったのである。

「生徒監に引き渡した以上、学級主任としては、あとがどうなっても知らんぞ。それでいいのかね。」

小田先生は、未練《みれん》らしく、もう一度だめを押《お》した。

「いいです。」

次郎の答えは、あくまで簡単で、はっきりしていた。

こうなっては、小田先生もいよいよ立ちあがらざるを得《え》なかったらしく、

「しばらく、ここで待っているんだ。」

と、捨《す》てぜりふのように言って、隣室《りんしつ》に消えた。

次郎は、一人になると、さすがに変な気重さを感じた。彼は、それをまぎらすように、室内を見まわしたが、正面に額《がく》が一つかかっているきりで、ほかには何の飾《かざ》りもなかった。額には「思無邪」とあった。次郎は、しかし、それをどう読んでいいのかわからなかった。無邪気《むじゃき》という言葉と何か関係があるんだろう、と思ったきり、それ以上考えてみようともしなかった。

隣室からは、おりおり笑い声がきこえた。次郎は、最初のうち、その笑い声をきくと腹がたった。しかし、何度《なんど》もきいているうちに、その声に聞き覚えがあるような気がして、じっと耳をすました。

(そうだ、朝倉先生の声だ。)

彼は、そう思うと、朝倉先生が生徒監の一人であり、自分に話すことがある、と言われたのもそのためだったということが、はっきり意識されて来たのである。

彼は、もう、隣室とのあいだの戸がひらくのが、待ち遠しくてならなくなった。

しかし、戸は容易《ようい》にひらかなかった。やっとそれが開いたのは、午後の時間の用意の

鐘《かね》がまもなく鳴ろうというころだった。

はいって来たのは、小田先生と朝倉先生の二人だった。次郎は、うろたえたように立ちあがって、朝倉先生に敬礼した。すると、朝倉先生は、にこにこしながら、

「本田は、よくいろんな変わった事件を起こすんだね。」

と、無造作《むぞうさ》に椅子《いす》をひいて、腰をおろした。それから、

「まあ、かけたまえ。」

と、次郎にも腰をおろさせ、

「しかし、今度《こんど》は、室崎の時とはちがって、君のほうが机もろともかかえ出されたそうじゃないか。さすがに、君も面喰《めんく》らったろう。」

朝倉先生は、そう言って大きく笑った。それは、まるで取り調べをするとか、訓戒《くんかい》をするとかいった調子ではなかった。が、先生は、それからしばらく窓のほうを見たあと、急にまじめな顔をして、

「小田先生は、学級主任として、君のことを非常に心配していられるんだ。」

次郎は、ちらと小田先生を見たが、すぐ冷《ひや》やかに眼をそらした。

「実はね、——」

と、朝倉先生は、しばらく間《ま》をおいて、

「小田先生は、君に悪気《わるぎ》があったなんて、ちっとも思ってはいられないんだ。私も、むろん、そうは思っていない。校長先生にはまだお話ししてないんだが、お話ししても、たぶん、そうは思われないだろう。だから、学校としては、君の正しさを疑《うたが》ってはいないんだ。君はそれを信じてもよい。」

次郎は、心が躍《おど》るようだった。しかし、ついさっきまで自分を疑っていた小田先生が、朝倉先生のそんな言葉を黙って聞いているのが不思議でならなかった。

「しかし、――」

と、朝倉先生は、次郎の顔を注意ぶかく見まもりながら、

「人間の世の中には、誤解《ごかい》ということがある。これは、時と場合によって免《まぬが》れがたいことだ。君だって、これまでに、人を誤解したことが何度もあるだろう。」

次郎の頭には、幼《おさな》いころからの自分の生活が、一瞬《いっしゅん》、走馬《そうま》灯《とう》のようにまわった。

「どうだね。」

朝倉先生がやさしく返事をうながした。

「あります。」

次郎は素《す》直《なお》に答えて、少しうなだれた。

「誤解された人は気の毒だ。だから、そういう人があったら、みんなでその人のため

に弁護してやらなければならん。これはあたりまえのことだ。」

次郎は、小田先生の顔をそっとのぞいて見たいような気がしたが、視線はわずかに青い毛氈《もうせん》の上をはっただけだった。

「しかし、気の毒なのは、誤解された人だけではない。誤解する人も、やっぱり気の毒だよ。どうかすると、誤解された人以上に、その人をいたわってやらなければならないこともある。君は、自分で、そんなふうに考えたことはないかね。」

次郎には、急には返事ができなかった。朝倉先生は、毛氈の上に組んでいた手を、そのまま顎《あご》の下にもっていって、数でも読むように指を動かしていたが、

「君が、自分で人を誤解した時のことを、よく考えてみたら、わかるだろう。」

次郎は、もう一度、自分の過去につきもどされた。いろんな人の顔が彼の前にちらついた。その中には、亡《な》くなった母の観音様《かんのんさま》に似た顔もあった。彼の頭からは、その時、宝鏡先生のことなどすっかり拭《ぬぐ》い去《さ》られてしまっていた。

「わかるはずだと思うがね。」

朝倉先生は、組んだ手をもう一度毛氈の上にもどして、少し顔をつき出した。

「わかります。」

次郎の顔は、もうその時には、毛氈にくっつくように垂《た》れていた。

「うむ――」

と、朝倉先生はうなずいて、また手を顎《あご》の下にやった。そして、しばらく考えていたが、

「そこで、宝鏡先生の君に対する誤解だが、むろん、小田先生をはじめ、私も、できるだけ君に悪気がなかったことをお伝えはする。しかし、一番の早道《はやみち》は、君が自分で直接君の気持ちをお話しすることだと思うが、どうだね。」

次郎は、しかしぴったりしない気持ちだった。宝鏡先生のほうから呼び出しがあればとにかく、自分から進んで弁解に行く必要はない、そんなことをするのは屈辱《くつじょく》だ、という気がしてならなかったのである。彼は答えなかった。

「いやかね。」

と、朝倉先生は、組んだ手を解《と》いて、代《か》わる代《が》わるもみながら、

「いやなら、しかたがない。いやなものを無理《むり》強《じ》いされても、かえって誤解を深めるばかりだろうからね。……どうです、小田先生、本田の気持ちがもう少し落ちついてからにしちゃあ。」

「しかし……いいでしょうか。」

小田先生は、何か言いにくそうに、言葉の途中《とちゅう》をにごした。

「しかたがありませんよ。無理をして、取り返しのつかん結果になるより、当分《とうぶん》このままのほうがいいでしょう。」

「はあ……」

小田先生の返事はやはり煮《に》えきらなかった。次郎には、しかし、その煮えきらない理由が、小田先生の宝鏡先生に対する立場にあるということが、もうはっきりわかっていた。

「じゃあ、もう本田は引きとらしていいでしょう。」

朝倉先生はおさえつけるような調子でそう言って、半《なか》ば腰をうかした。

「ええ。」

と、小田先生も、あきらめたように、

「じゃあ、本田、用があったらまた呼ぶから、今日《きょう》はこれで引きとっていいよ。」

次郎は、朝倉先生に対してすまないような、それでいて何か物足《ものた》りないような気がしながら、立ちあがった。朝倉先生は、腰をうかしたまま、いつもの澄《す》んだ眼《め》でじっと彼の様子《ようす》を見つめていたが、また腰をおちつけて、

「うむ、そう。念《ねん》のために言っておくがね。」

と、手で合《あ》い図《ず》をして、もう一度次郎にも腰をおろさせ、

「君は、今でも、宝鏡先生の誤解を解《と》く必要はない、と思っているかもしれん。しかしそれは何といっても君の誤りだ。誤解は解けるものなら、解いたほうがいいよ。人間と人間との間に誤解があっていいはずはないからね。それだけは、私からはっきり言っておく。しかし、道理《どうり》はそうだとしても、君の気持ちがそうならなければ、どうにもしかたがない。それはさっきも言ったとおり、いやいやながら誤解を解こうとすれば、かえって悪い結果になるからだ。そこで、私は、小田先生といっしょに、君の気持ちがそうなるのを、陰《かげ》ながら祈《いの》ろうと思っている。それだけは覚えておいてくれ。もっとも、私たちが祈っているからって、それを気にして、あせってはいかん。鶏《にわとり》が卵をあたためるように、ゆっくり落ちついて考えるんだ。いいかね。」

次郎は室崎の事件の折《おり》の朝倉先生をやっと取りもどしたような気がした。そして、すぐにも宝鏡先生に会わしてもらおうかと思った。しかし、先生はつづけて言った。

「それと、もう一つ言っておくことがある。それは、誤解はどうしたら解けるか、ということだ。かりに、君が宝鏡先生の誤解を進んで解きたいという気持ちになったとして、君はどうしようと思うんだい。」

「…………?」

次郎には、質問の急所がつかめなかった。

「誤解にもいろいろあってね。……」

と、朝倉先生は、少し声を低め、

「相手を説《と》き伏《ふ》せて解ける誤解もあるし、証拠《しょうこ》や証人を出して解ける誤解もある。しかし、それだけではどうにもならない誤解があるんだ。いや、説き伏せたり、証拠や証人をつきつけたりすると、結果がかえって悪い場合さえある。」

次郎には、まったくわけがわからなかった。

「変なことを言う先生だと君は思うだろうね。しかし、世の中は、君らが考えているように、一本筋《いっぽんすじ》のものではないんだ。ことがらによっては、一言《ひとこと》の弁解もしないで、ただ私が悪うございましたと言えば、それでかえって誤解がとけることもある。むろん、普通《ふつう》なら誤解したほうが誤解されたほうにあやまるのがあたりまえさ。しかし、それがあべこべになっても、そのために、ほんとうに誤解がとけて、双方《そうほう》の気持ちが晴れやかになるんだったら、そうして悪いわけはない。こんなことを言うと、それでは正しいことが闇《やみ》に葬《ほうむ》られてしまうではないか、と君は言うかもしれん。しかし、正しいことは天《てん》知る、地《ち》知るだ。決して葬られてしまうものではない。実は、誤解した人だって、……」

と、朝倉先生は、言いかけて急に口をつぐんだ。

次郎の頭にその時ひらめいたのは、宝鏡先生ではなくて、お祖母《ばあ》さんだった。彼はもう何もかもわかったような気がした。しかし、彼は、やはり首をたれたまま、朝倉先生のつぎの言葉を待った。

「いや、こんなことを今あんまり言うと、無理強《むりじ》いになるかもしれん。私は、決して、是《ぜ》が非《ひ》でも宝鏡先生に君をあやまらせようとしているんではないんだ。人間はどんな場合にも、心にもないことをやってはいかん。自分で、あくまでもあやまる必要がないと信じているなら、あやまらないほうがかえっていいんだ。ただ十分考えてだけはみなければならんね。それで、私は、君が考える時の参考に、誤解を解くには、ただあやまるほうがいい場合もあるってことを話したまでだ。要するに、みんなが晴れやかになるには、どうするのが一番いいかそれを考えてもらいたいんだ。それも、校長先生のいつも言われる大慈悲《だいじひ》さ。おたがい意地を張る代わりに、大慈悲を競《きそ》う気で物事《ものごと》を考えれば間違いはない。……そう、そう、孔子《こうし》の教えの中に、いい言葉がある。仁《じん》にあたっては師に譲《ゆず》らず。というんだ。わかるかね。」

次郎には、むろん、わからなかった。朝倉先生は、小田先生のほうを見て、ちょっと微笑しながら、

「国漢の先生を前に置いて、こんなことを言うと、笑われるかもしれんが、仁という

のは、つまり大慈悲だ。何事《なにごと》にも先生にゆずるのが弟子《でし》の道だが、仁を行なうことにかけては遠慮《えんりょ》はいらぬ。宝鏡先生とでもだれとでも競争せよ、という意味なんだ。どうだい、大ていわかったろう。」

朝倉先生は、そう言って、だしぬけに椅子から立ちあがり、

「じゃあ、もういいから、帰ってゆっくり考えてみるんだ。」

と、さっさと生徒監室のほうに歩きだした。次郎は、あわててそのうしろ姿に敬礼したが、まだじっと自分の様子を見つめている小田先生の眼《め》に出くわすと、彼はわざとのようにたずねた。

「もういいんですか。」

「朝倉先生がいいと言われたら、いいだろう。」

小田先生の答えは、どぎまぎしているようでもあり、くさっているようでもあった。次郎はそれをきくとすぐ、きちんと敬礼をして室《へや》を出たが、廊下を歩いて行く彼の胸の中には、勝《か》ち誇《ほこ》った気持ちと、重い荷を負《お》わされた気持ちとが交錯《こうさく》していた。

彼の姿を見つけた組の生徒たちが、すぐ彼を取りまいて、くちぐちにいろいろのことをたずねた。しかし、真実のこもった声と、そうでない声とを聞きわけるに敏感《びんかん》な彼は、「だいじょうぶさ」と答えるだけで、何もくわしいことを言わなかった。ただ、新賀に

対してだけは、あとで自分から近づいて行って、あらましの成《な》り行《ゆ》きを話し、

「僕、どうしていいかわからなくなっちゃったよ。」

と、いかにも思いあぐんだように言った。

午後の授業には、ほとんど身が入らなかった。いっそ今日のうちに眼をつぶって宝鏡先生にあやまってしまおうか、とも考えてみたが、それにはまず、小田先生に対する気持ちからして清算《せいさん》してかからなければならなかった。それに、「心にもないことはやるな」と朝倉先生に言われたことが、戒《いまし》めとしてというよりは、むしろ気休めとして彼の心に働いていた。彼は、とうとう授業が終わるまでに決心しかねて、帰りじたくをしていた。すると新賀が彼の肩《かた》をたたいて言った。

「今日、帰りに君のうちに寄ってもいいかい。」

次郎は喜んで彼といっしょに校門を出た。

六　迷《めい》宮《きゅう》

次郎《じろう》は、歩きながら、二人の先生との対談の様子《ようす》を、あらためてくわしく新賀《にいが》に話し

た。話しているうちに、小田《おだ》先生のあいまいな態度に対する不満の言葉も、自然、幾度《いくど》となく彼の唇《くちびる》をもれた。しかし、今は、そうした不満をならべるのが彼の目的ではなかった。彼には、もう、どの先生に対しても、朝倉《あさくら》先生の心にそむいてまで反抗的《はんこうてき》な態度に出る気持ちは残っていなかった。宝鏡先生に対してこれからどうすればいいか、ということについても、いつのまにか決心がつきかけていたのである。ただ、心の底には、まだ何といっても、いくらかの無念《むねん》さが残っていた。それに彼くらいの年ごろではおそらくだれしもそうだと思うが、そうした殊勝《しゅしょう》な決意をすることが友だちに対して何となく気恥《きは》ずかしく感じられるのだった。で、彼は、表面、どうしていいかわからない、といった顔をして、それとなく、朝倉先生の言葉や、その言葉から受けた感銘《かんめい》やを、強く新賀の心に印象づけ、新賀のほうから、励《はげ》ましてもらいたい気持ちでいたのである。

しかし、彼のそうした複雑《ふくざつ》な気持ちは、新賀には、まるで通じなかった。新賀は、ただ一途《いちず》に、数学の時間のできごとについて、次郎に同情していた。それに、彼はまだ一度も朝倉先生に接したことがなかったので、次郎の口をとおして間接に聞かされた先生の言葉には、さほど感銘を覚えなかった。それは、むしろ、変にややこしい理屈《りくつ》だとしか彼には思えなかったのである。彼は、だから、次郎が率直《そっちょく》にもらした不満の言葉には一も二もなく相《あい》づちをうったが、朝倉先生の言葉に対しては、共鳴どころか、かえって、先生が小田先生とぐるになって、いい加減《かげん》に次郎をごまかそうとしているのではないか、とさえ疑《うたが》い、次郎が苦心して説明するたびに、

「ほっとけよ、だれが何と言ったたって、平気さ。」

と、次郎の期待とは、まるであべこべの方向に彼を励ますだけだったのである。

次郎は、新賀にそんなふうに言われると、ますます自分の本心をはっきり言うことができなかった。そして家に帰りついて、新賀と二人、机《つくえ》のはたにすわりこんでからの彼は、とかく沈黙《ちんもく》がちになり、新賀に来てもらったことをいくらか後悔《こうかい》さえしていた。

新賀は、そうなると、いよいよはげしい言葉をつかって、彼を元気づけることにつとめた。そして、「なあに、処罰《しょばつ》ぐらい、屁《へ》でもないよ。」とか、「がんばるさ。君《きみ》さえがんばりゃ、みんなできっと応援《おうえん》するよ。」とか、成《な》り行《ゆ》き次第《しだい》では自分が主になって、一騒動《ひとそうどう》起こしかねないようなことまで言うのだった。

そんなふうで、おおかた小《こ》一時間も話しているうちに、恭一《きょういち》が帰って来た。大沢《おおさわ》をつれて来たらしく、階段で二人の話し声がきこえた。次郎はそれを聞くと、急に救われたような気になった。

大沢は、部屋《へや》にはいると、

「やあ。」

と二人に声をかけて、すぐあぐらになりながら、新賀にたずねた。

「次郎君と同じ組かい。名は何というんだい。」

新賀のほうでは、大沢は上級生でもあり、「親爺《おやじ》」の綽名《あだな》で有名でもあったので、もうとうから顔を見知っていた。しかし、言葉をかわすのははじめてだった。彼は、自分の名を答え終わると、いかにも「親爺」らしい大沢の顔を無遠慮《ぶえんりょ》に眺《なが》めていたが、急に次郎のほうをふり向いて、

「どうだい、今の話、兄《にい》さんや大沢さんにも話してみないか。」

次郎は、むろん、新賀に言われなくとも話すつもりだった。で、さっそく、今日《きょう》の一件が四人の話題に上《のぼ》ることになった。

次郎と宝鏡先生との教室での活劇《かつげき》については、新賀がほとんど一人で話してしまった。しかし、小田先生に呼び出されてからあとの事は、次郎が自分で話すよりしかたがなかった。新賀の憤慨《ふんがい》した調子にひきかえて、次郎はいやに用心深く話した。そして、今度《こんど》は小田先生に対する不満の言葉などできるだけもらさないようにつとめた。新賀はそれが物足《ものた》りなかったらしく、何度《なんど》も口をはさんで、小田先生のあいまいな態度を攻撃《こうげき》した。

恭一は、話の最初から、ひどく心配そうに聞いていた。しかし、大沢のほうは、次郎が机もろとも宝鏡先生にかかえ出されるあたりになると、手をたたいて喜んだ。そして、

「机にしがみついてはなれなかったのは大出来だよ。さすがは次郎君だ。かかえ出されても、勝負にはたしかに勝っているね。」

と、わざとおだてるようなことを言ったりした。そして、次郎が最後に、

「僕《ぼく》、どうしたらいいかわからないので、新賀君の考えをきいてたところです。」

と、いくらかきまり悪そうに首をたれると、大沢は、

「ふうむ、なるほど。仁《じん》にあたっては師に譲《ゆず》らずか。朝倉先生そんなことを言ったんかな。ふうむ。――」

と、何度も首をふり、それから、恭一に向かって、

「どうだい、本田《ほんだ》、君、兄さんとして次郎君に何とか言ってやれよ。」

恭一は、しかし、次郎の顔を見つめているだけだった。すると、新賀が横から、突《つ》っかかるように言った。

「大沢さんは、朝倉先生の言ったこと、いいと思うんですか。」

大沢は微笑《びしょう》した。そして、ちょっと考えていたが、すぐあべこべに問いかえした。

「君は、いけないと思うかい。」

「いけないと思うんです。」

「どうして?」

「悪くない者にあやまれなんて、そんなこと無茶《むちゃ》です。」

「しかし、ぜひあやまれとは言わなかったんだろう。ねえ、次郎君。」

「ええ。考えろって言われたんです。」

「じゃあ、あやまらなくてもいいんですね。」

と、新賀の調子は、少し皮肉《ひにく》だった。

「さあ、それは次郎君が自分で考えるだろう。」

「僕は、朝倉先生が考えろなんて言ったのが、ペテンだと思うんです。」

「ペテンだか、ペテンでないかは、朝倉先生自身のほかにはだれにもわからんよ。しかし、次郎君はペテンでないと思ってるらしい。ねえ、そうだろう。次郎君。」

「ええ。――」

次郎は、新賀に多少気を兼《か》ねながら答えた。すると新賀は憤然《ふんぜん》として言った。

「卑怯《ひきょう》だよ、君は。生徒監《せいとかん》がそんなにこわいんか。正しいことが突きとおせないような人は、僕、大嫌《だいきら》いだ。」

彼は、もう立ちあがって帰ろうとしていた。大沢も、それを見ると、さすがにあわてたように彼のまえに立ちふさがった。そして、

「おい、おい、そう簡単に友だちを見捨《みす》てるのはいけないことだぜ。まあすわれ。」

と、彼の肩《かた》をおさえてむりにすわらせ、

「君はずいぶん短気《たんき》だな。しかし、そんな短気は必ずしも悪くない。実際、次郎君はこのごろおとなになりすぎているんだ。少し怒《おこ》りつけてやるほうがいいよ。」

次郎は、新賀の態度でかなり気持ちが混乱していたところへ、大沢にそう言われたので、いよいよまごついた。しかし、そのまごつきも、ほんのわずかの間だった。彼は、幼《おさな》いころから、相手が自分に同情する立場に立っていることが明らかであるかぎり、その相手に対しては、人一倍弱かったが、いったん相手が多少でも反対の側に立ったと見ると、もう少しも遠慮はしなかった。愛の渇《かわ》きによって自然に築きあげられて来た彼のこうした意地強《いじづよ》さは、まだ決してなくなってはいなかったのである。彼は、新賀と大沢とを等分《とうぶん》に見くらべながら、ずけずけと言った。

「僕は、僕の思うとおりにするんだから、もうだれにもかまってもらわなくてもいいんです。」

それを聞いて、だれよりもにがい顔をしたのは恭一だった。彼は、これまでほとんど言《ひとこと》も出さないでいたが、やにわに神経質な声をふりしぼって言った。

「次郎！　何を言ってるんだ。失敬《しっけい》じゃないか。大沢君だって、新賀君だって、お前のことを心配しているから、いろんなことを言うんだよ。」

「じゃあ、兄さんも、大沢さんや新賀君の言うことに賛成ですか。」

次郎は、今度は恭一に突っかかって行った。恭一は、ちらと新賀のほうに眼《め》をやって、答えに躊躇《ちゅうちょ》したが、

「僕が賛成だか、賛成でないか、そりゃ別さ。僕はただ、お前があんまり失敬だから、言ったんだよ。」

「だけど……」

と、次郎はせきこんで何か言おうとした。すると、大沢が急に笑いだした。そして、

「今日は、兄弟喧嘩《きょうだいげんか》はその程度《ていど》でよしとけよ。ついでに、次郎君の問題も、ここいらで打ち切りにしたら、どうだい。」

みんなは、ちょっとひょうしぬけがしたような顔をして、大沢を見た。大沢はにこにこしながら、

「次郎君が、自分で思う通りにするからだれもかまってくれなくてもいい、と言ったのは、失敬でも何でもないんだ。実は、僕、それでいいと思うんだよ。いや、それがほんとうなんだ。朝倉先生だって、多分そのつもりなんだろう。だから、僕らは、次郎君がこれからどうするか、見ていりゃあいいんだ。」

次郎には、それが非常に皮肉《ひにく》にきこえた。彼は「くそっ」という顔をして、大沢をに

らんだ。大沢は、しかし、相変《あいか》わらずにこにこしながら、

「だが、次郎君、朝倉先生が、心にもないことはやるなって言われたことを忘れんようにせいよ。先生は、君に是《ぜ》が非《ひ》でも聖人君子《せいじんくんし》のまねごとをやらせようとしていられるんではないんだ。先生は、その証拠《しょうこ》には、ゆっくり考えろと言われたんだろう。むろん、先生に最初言われたとおりのことが、君にできればすばらしいさ。しかし、どうだい、君は、山伏《やまぶし》先生のまえに、自分で悪いとも考えていないことを、ほんとうに心からあやまることができるんかい。あやまるからには、山伏先生が今度どんな無茶《むちゃ》を言っても、腹をたててはならないんだよ。それがはたして君にできるんかい。」

次郎はさすがに返事ができなかった。恭一は不安な顔をして、

「しかし、次郎が自分であやまるつもりなら、あやまらしてもいいんじゃないかね。」

「むろん、僕はそれをとめはせん。次郎君に自信があれば、やるがいいさ。やった結果がどうなるか、それを見るのもおもしろいかもしれんね。」

次郎は追いつめられるような気がして、すっかり落ちつきを失った。恭一も、そう言われると、べつの意味で不安を感じだした。新賀はそれまで黙《だま》りこんで仏頂《ぶっちょう》づらをしていたが、急に、

「僕、もう失敬します。」

と立ちあがりかけた。

「まてよ。どうも君は気が短かくていかん。」

と、大沢は彼を手で制して、

「どうだい、今夜《こんや》は、僕、朝倉先生を訪《たず》ねてみたいと思うが、君らもよかったらいっしょに行かないか。」

大沢のこのだしぬけな提議は、三人にとって、まったく意想外《いそうがい》だった。同時に、それは、今までの部屋の空気をいっぺんに明るくした。

「うむ、それはいい。そうすれば安心だ。次郎、行ってみようや。……新賀君もどうだい。」

と、恭一が、いつもにない、はしゃいだ声で言った。

新賀は、朝倉先生にはまだ近づきがなかったせいか、ちょっと躊躇《ちゅうちょ》するふうだったが、好奇心《こうきしん》とも、まじめな期待ともつかぬ、一種の興味に刺激《しげき》されて、すぐ賛成した。だれよりも喜んだのは次郎だった。彼は、迷宮《めいきゅう》からでも救い出されたような、ほっとした気持ちになって、もう、賛成するもしないもなかったのである。

先生を訪ねる時間の打ち合わせを終わると、大沢は新賀の肩《かた》をたたいて言った。

「さあ、もうこれで、失敬してもいいんだ。じゃあ、さよなら。」

新賀は、頭をかきながら、大沢のあとについて、階段をおりた。

七　心境の問題

朝倉《あさくら》先生の住居は、家賃《やちん》十何円かの、だだっ広《ぴろ》い、古い士族屋敷《しぞくやしき》で、柱も天井《てんじょう》も黒ずんだ十二畳《じょう》の座敷《ざしき》が、書斎兼客間《しょさいけんきゃくま》になっていた。ちょうど先生が入浴中だったので、四人は十分あまりも、その部屋《へや》に待たされた。そのあいだ、大沢《おおさわ》と恭一《きょういち》とは、勝手《かって》に座蒲団《ざぶとん》をならべたり、本棚《ほんだな》から本を引き出して見たりしたが、先生の自宅を訪《たず》ねた経験のない次郎と新賀《にいが》とは、いかにも窮屈《きゅうくつ》そうにかしこまっていた。

「やあ、待たせてすまんかったなあ。」

と、先生は湯あがりの顔をほてらせながら、襖《ふすま》をあけてはいって来た。そして次郎と新賀とが小さくなってすわっているのを見ると、

「おや、今日《きょう》はめずらしい顔だね。私は、また例の連中かと思っていたが。」

「はあ、実は、これから下級生も少しずつ加えていただきたいと思って、つれて来た

んです。」

大沢が、持っていた本を棚にかえし、自分の席にもどりながら答えた。

次郎と新賀とは、さっきからお辞儀《じぎ》をする機会を待って、もじもじしていたが、先生は、

「うむ、そうか。」

と、まだ立ったままで、羽織《はおり》の紐《ひも》をかけていた。

「こちらが新賀君、むこうは僕《ぼく》の弟です。」

恭一が先生の顔を下からのぞきながら紹介《しょうかい》した。

「ほう。」

と、先生は、まだ二人のほうを見ない。そして、やはり羽織の紐をいじくっていたが、やっとそれがかかったらしく、

「やあ、いらっしゃい。」

と、自分の座蒲団に尻《しり》をおろし、はじめてみんなとお辞儀をかわした。

次郎は、今日《きょう》のことで、さっそく先生に何とか言葉をかけられるだろうと予期《よき》して、固くなって待っていた。しかし、先生は、ちょっと彼《かれ》の顔を見て、

「おお、そうそう、君は本田《ほんだ》の弟だったな。」

と、言ったきり、すぐ新賀のほうに話しかけた。新賀は例によって問われることをはきはきと答えた。

「ほう海軍か。そりゃいい。一年の時からちゃんと志望をきめて、まっしぐらに進むのはいいことだ。」

先生は、それから、海軍の名高い人たちの逸話《いつわ》などを例にひいて、新賀を励《はげ》ましたり、戒《いまし》めたりした。新賀は眼《め》をかがやかしてそれに聞き入った。次郎は、かんじんの自分の問題に、いつまでたってもふれて来そうにないので、少しいらいらして来たが、大沢も恭一もいっこう話題を転じてくれそうにない。彼は催促《さいそく》するように何度《なんど》も恭一の顔をのぞいた。

恭一も、やっとそれに気がついたらしく、先生の話が一段落ついた機会をとらえて言いだした。

「今日は、弟が数学の時間に、変な事件を起こしましたそうで――」

「うむ。」

と、先生は軽くうなずいた。それから、次郎のほうを見て微笑《びしょう》しながら、

「兄《にい》さんにも話したのか。そりゃあよかった。何もいそいで決めるにはおよばんから、いろんな人の考えをきいてみるんだね。さっそく大沢や新賀にも話してみたら、どう

だ。」

「実は、もう、この四人で話しあったんです。」

と、大沢が答えた。

「ほう。それで、どうだった。」

「新賀君は、生徒監《せいとかん》がこわくて正しいことを曲げるような人間とは絶交《ぜっこう》すると言うんです。」

「なるほど。それで君《きみ》は？」

「僕は、次郎君にひねこびた聖人君子《せいじんくんし》のまねをさせたくないという考えです。第一、まだ、そんなことのできるほど偉《えら》い人間でもなさそうです。」

「はっはっ。ずいぶん手《て》きびしいね。」

「ところが、次郎君自身は、僕らにそんなことを言われたのが非常に不服《ふふく》らしいんです。」

「すると、宝鏡先生にあやまろうというのか。」

「ええ、僕らが反対すれば、絶交でもしかねないけんまくでした。」

「絶交が大ばやりなんだな。……で、本田は、兄さんとしてどういう考えだ。」

「僕は――」

と、恭一は、少し顔を赤らめて、

「次郎が進んであやまると言うなら、あやまらしたほうがいいと思っていました。しかし、大沢君の考えをきいているうちに、それも不安のような気がして来たんです。」

「うむ。――」

と、朝倉先生は、しばらく考えていたが、

「次郎君のことは、学校の問題としては、校長にもお話しして、もうすんだ事になっているから別に心配せんでもいい。しかし、よく考えてみると、こういうことは学校だけに起こる問題ではないんだ。形はちがっても、世間《せけん》にはそうしたことがざらにある。君らも、将来、次郎君のようなはめに陥《おちい》ることがないとは限らん。これを機会にみんなでまじめに考えてみることだね。」

その時、奥《おく》さんが、

「どうも、おそくなりまして。」

と、煎餅《せんべい》を袋《ふくろ》ごと盆《ぼん》にのせて、茶道具といっしょに運んで来た。そして、次郎のすぐそばに尻を落ちつけ、みんなに茶を注《つ》ぎはじめた。そのきりっとした横顔が、次郎には、どことなく亡《な》くなった母に似ているように思えた。

先生は、奥さんが差し出した湯呑《ゆのみ》を受け取りながら、

「考えるったって、一つ一つの事《こと》がらをばらばらにつかまえて来て、あれは正しい、これは間違《まちが》っている、と考えるだけでは、しようがない。それじゃあ、次郎君のような場合の解決にはならないんだ。君らに考えてもらいたいと思うのは、どうせ人間の世の中にはいろいろの間違いがあるんだから、その間違いの多い世の中をどうして秩序《ちつじょ》だて、調和して行くかという問題だよ。君らはおそらく、その一番の早道《はやみち》は遠慮《えんりょ》なく間違いを正すことだと言うだろう。なるほどそれが完全にできれば、たしかにそれが早道だ。しかし間違いはあとからあとからと新しく生じて来る。いつまでたっても完全に間違いのない世の中になる見込《みこ》みはないんだ。汚《きた》ない譬《たと》えだが、われわれの体にたえず糞尿《ふんにょう》がたまるようなものさ。さあ、そうなると、間違いは間違いなりで、全体の調和を保ち、秩序をたてていくという工夫《くふう》をしなければならん。そういう努力をしないで、一つ一つの事がらの正邪善悪《せいじゃぜんあく》にばかりにこだわっていると、かんじんの全体が破壊《はかい》されて、元《もと》も子《こ》もなくなってしまうからね。かりに君らが、君らの体の中の糞尿のことばかり気にかけて、朝から晩《ばん》まで便所通いをしているとしたら、いったいどうだ。それよりは、お茶が出たらお茶を飲み、煎餅が出たら煎餅をかじって、糞尿のことなんか忘れているほうがはるかに健全だろう。」

みんなが、一度に吹《ふ》きだした。奥さんも声をたてて笑った。そして煎餅の袋をみんな

のほうへ押《お》しやりながら、

「さあ、さあ、みなさん、先生にみなさんの健全なところを見せてあげてください。」

大沢から、恭一、新賀、次郎と、順々に袋がまわった。しばらくは煎餅《せんべい》をかむ音でさわがしかった。大沢は、茶を一《いっ》ぱい呑《の》み干《ほ》すと、

「しかし、先生、糞尿のためっ放《ぱな》しでも困るでしょう。」

「そりゃあ、むろんさ。臓腑《ぞうふ》の中が糞尿だらけになっては、たまらんよ。」

「不正を不正と知りながら、それと妥協《だきょう》するのは、糞尿をためっ放しにするのと同じではありませんか。僕は、新賀君の言う所にも道理《どうり》があると思うんです。」

新賀は眼《め》をかがやかして、先生を見た。

「むろん道理がある。だから、新賀が、良心的にどうしてもそうでなくちゃならんと考えるなら、新賀にとっては、それが最善の道だ。」

「新賀君以外の人にとっては、最善の道ではないんですか。」

「最善の道であることもあれば、そうでないこともあるだろう。全体の調和とか秩序とかいうことを強く念頭《ねんとう》においている人なら、新賀の考えている以上の道理を考えんとも限らんからね。」

大沢は考えこんだ。恭一は、一人でかすかにうなずいていた。だれも口を出すものが

ない。次郎は自分の問題が中心になっていることなどもう忘れてしまって、大沢の顔を一心《いっしん》に見つめた。彼の眼には、真剣《しんけん》に考えこんでいる大沢の顔が、これまでの彼とはまるで別人のように映《うつ》ったのである。

「先生、要するに心境の問題ではないでしょうか。」

恭一が、しばらくして、めずらしく口をきいた。

「そうだよ。心境の問題だよ。」

と先生は、大きくうなずいて、

「一つ一つの事がらの正邪善悪にこだわるのでもなく、さればといって、それに無頓《むとん》着《ちゃく》だったり、良心にそむいて邪悪に妥協したり、また、大沢の言うように、ひねこびた聖人君子のまねをしたりするのでもなく、全体の調和と秩序とのために、ごく自然に行動するというようなことは、心境を練《ね》らなくてはできないことだ。心境を練ることを忘れて、ただ頭で考えるだけでは、道理以上の道理は決してつかめない。つかめたようでも、いざとなると、やはり一つ一つの事がらの正邪善悪にこだわりたくなったり、自分を偽《いつわ》って聖人君子のまねをしたり、あるいはいいかげんに妥協してしまったりしたくなるんだ。」

「わかりました。」

と、大沢は、膝《ひざ》の上に立てていた両腕《りょううで》に力を入れて、まるでどなるように言ったが、すぐ、にやりと微笑して、

「しかし、先生もずいぶん残酷《ざんこく》ですね。」

「何が?」

「そんなどえらいことを、先生は、今日、学校で次郎君に要求されたんじゃありませんか。」

「要求なんかしていないよ。」

「でも、次郎君は、先生の言われたことを一所懸命《いっしょけんめい》で気にしていましたよ。」

「そりゃあ、気にするはずだ。気にするように言ったんだから。次郎君が気にせんような生徒なら、私もあんなことを言やあしない。」

「じゃあ、気にするだけでいいんですか。」

「いいか、わるいか、それも次郎君が自分で考えるだろう。」

次郎は、すっかり興奮《こうふん》して二人の対話を聞いていた。

「どうだい、次郎君、君、どうする? 宝鏡先生にあやまるんかい。」

大沢がたずねた。次郎は、ちょっと返事にまごついたようだったが、

「僕、もっと考えます。」

と、はっきり答えて、先生の顔を見た。先生は、

「そうだ。うんと考えるがいい。気持ちがほんとうに練れるまでは、五年でも十年でも考えるがいい。私は君の心の中でそれが練れるのをいつまでも待っている。一方では宝鏡先生にあやまる気になり、もう一方では大沢や新賀と絶交したい気になるような、ちぐはぐの心境では、まったく剣呑《けんのん》だからね。」

みんなが笑った。朝倉先生は涼《すず》しい眼をして次郎を見ていた。が、しばらくして、

「苦しむのはいいことだよ。」

と、しんみりした声で、ぽつりと言った。それから、今度《こんど》は、じっと新賀の方を見ていたが、

「君も、少し苦しんでみるがいい。ここでは、大沢や本田のような、苦しみたい連中がちょいちょい集まって話しあいをすることになっているが、君もよかったら、これから次郎君といっしょにやって来たまえ。今のところ、三年以上の生徒ばかりだが、君らの仲間もこれから少しずつふえるだろう。」

煎餅《せんべい》を平《たい》らげて四人がおいとましたのは、十時に近かった。奥さんが、門をしめかたがた、みんなを送って出て来たが、別れぎわに、次郎に言った。

「きょうはいじめられましたわね。……でもおもしろいでしょう。これにこりないで、

またいらっしゃいね。」

次郎は、なぜか、亡くなった母と、日田《ひた》町の田添《たぞえ》夫人との顔を同時に思《おも》い浮《う》かべながら、黙《だま》ってお辞儀をした。そして、暗い通りに出ると、新賀とならんで、沈黙《ちんもく》がちに歩いた。歩きながら今朝《けさ》からのことを心の中でくりかえしているうちに、ふと「無計画の計画」という言葉が、新たに彼の頭に甦《よみがえ》って来た。彼は、思わず歩度《ほど》をゆるめた。そして、闇《やみ》をすかして、大沢の大きな体をうしろから見上げた。ちょうどその時、大沢は、

「おい、新賀君、どうやら次郎君と絶交しなくてもすみそうだね。わっはっはっ。」

と、あたりに響《ひび》きわたるような大声で笑った。

八　白鳥会

朝倉《あさくら》先生を中心にした生徒たちの集まりを「白鳥会」といった。会員はこれまで十五名で、みんな三年以上の生徒ばかりだったが、今度《こんど》、あらたに二年から三名、それに次郎と新賀《にいが》とが一年から加わって、ちょうど二十名になった。たまには、日曜とか祭日とかに、そろって遠足をしたり登山をしたりすることもあったが、普通《ふつう》は、毎月第一土曜

と第三土曜の二回、夕食後、先生の宅に集まって、代《か》わりばんこに何か話題を提供し、それについてお互《たが》いに感想や意見を述べあい、そのあと時間があれば、先生に何か簡単な話をしてもらって、十時ごろには解散する、といったふうであった。

集まりには、いつも先生の書斎兼座敷《しょさいけんざしき》と、その次《つぎ》の間《ま》とが使われたが、そのほかに、二階の八畳《じょう》が、会員の図書室として年中開放されていた。玄関《げんかん》のつきあたりの階段をのぼったところがその部屋《へや》で、そこには、一間《いっけん》ものの本箱《ほんばこ》が一つと、うるしのはげた大きな卓《たく》が一脚《いっきゃく》すえてあった。本箱には、先生の読みふるしの本がいっぱいつまっており、たいていは、歴史や、伝記や、古典の評釈《ひょうしゃく》や、定評のある文芸物などで、新しい作家のものはほとんど見あたらなかった。なお、会員が持ちよったらしい青少年向きのいろんな読み物が、一番下の段に三十冊《さつ》あまりならんでいたが、それらは、先生の読みふるしの本とちがって、かなり装幀《そうてい》がくずれており、どの頁《ページ》にも色鉛筆《いろえんぴつ》で、線や圏点《けんてん》が入れてあった。――集会の折《おり》の話題の半分以上は、この部屋での読書から生まれるらしかった。

次郎は、会員になってから、ほとんど一日おきぐらいには、学校の帰りにこの部屋に立ち寄った。すると、たいていだれかが来合《きあ》わせていた。たまには五、六人もいっしょになることがあった。だれもがそれぞれ特色を持ちながら、どこかに何か共通な気持ちが流れているのが、次郎にもよく感じられた。時おり、だれかが奥《おく》さんに呼ばれて、力のいる仕事の手伝いをさせられたり、買い物に行く間の留守番《るすばん》を頼《たの》まれたりすることがあったが、呼ぶものも、呼ばれるものも、まるで家族同様の気軽さだった。次郎には、そうした空気が、何か珍《めずら》しくもあり、うれしくもあった。

奥さんには子供がなかった。女中もつかわず、まったく先生と二人きりだったが、用がない時には、ちょいちょいこの部屋にやって来て、「今、何を読んでいらっしゃるの？」とか、「あたしこの本、おもしろいと思うわ」とか、みんなのじゃまにならない程度《ていど》に簡単な言葉をかけ、自分もいっしょになって何か読みだすといったふうだった。小床には、いつも何か花がいけてあり、また卓の上にも一輪差《いちりんざし》が置いてあって、花がしおれないうちに必ず新しいのと取りかえられていたが、そうしたことは、すべて奥さんの心づくしであった。

いつ来て見ても変わっていないのは、掛軸《かけじく》と額《がく》だった。掛軸には、和歌らしいのが、むずかしい万葉仮名《まんようがな》で、どこからどう読んでいいかわからないように書いてあり、額には漢字が五字ほど、これも読みにくい草書体《そうしょたい》で書いてあった。次郎には、むろん、何が書いてあるのやらさっぱりわからなかった。また、それを判読してみようという気にもならなかった。彼の眼《め》には、どこの家にもある掛軸や額以上のものには、それが映《うつ》らなかったのである。もっとも、何度《なんど》もこの部屋に出入りしているうちに、額のある最初の二字だけは、いつのまにか彼の眼にとまるようになった。それは、「白鳥」と書いてあるらしく、会の名称と深い関係があるように思えて来たからであった。

「あれは、白鳥と読むんでしょう。」

と、ある日、彼はちょうど来合わせていた佐野《さの》という四年の生徒にたずねた。

「そうだよ。君《きみ》、今まで知らんかったのか。」

次郎は頭をかきながら、

「こないだから、そうじゃないかと思ってたんですが……」

「なあんだ、僕《ぼく》たちの会の名は、あの字にちなんでつけてあるんじゃないか。」

「僕、そう思ったから、きいてみたんです。」

「すると、君の兄《にい》さん、まだそれを君に教えてなかったんだね。」

「教《おそ》わりません。」

「あんがい、君の兄さんものんきだなあ。今日《きょう》、帰ったら、よく教わっとけよ、あの意味を。」

佐野はそう言って、読みかけていた本の頁《ページ》をめくった。

次郎は、しかし、もう帰るまで辛抱《しんぼう》ができなかった。彼は一心《いっしん》に額を見つめて判読しようとつとめた。「白鳥」の次の字は「入」という字にちがいないと思ったが、しかしそのあとの二字がどうしても読めなかった。

「おしまいの二字は何という字です。」

彼は、とうとうまたたずねた。

「芦花《ろか》だよ。あしの花さ。」

「すると、白鳥……芦花に入る、と読むんですね。」

「そうだ。白鳥芦花に入る。……しかし芦という字は実際変な字だねえ。だれだって教わらなきゃ、わからんよ。」

「だれが書いたんでしょう。」

額は無落款《むらっかん》だったのである。

「先生だそうだ。」

「先生が？　どうして、だれにもわかるように楷書《かいしょ》で書かれなかったんでしょう。」

「楷書で書くと、生徒よりへただから、みんながありがたがらないだろうって、冗談《じょうだん》言っていられたよ。」

佐野はそう言って笑った。次郎も笑ったが、すぐ真顔《まがお》になって、

「どうして会の名をこの文句《もんく》にちなんでつけたんでしょう。」

「それは、この文句に深い意味があるからさ。」

「そんなに深い意味があるんですか。」

「あるとも、大いにあるよ。」

「どういう意味です。」

「それはね。――」

と、佐野は本を伏《ふ》せて、次郎のほうに体をねじむけたが、急に、

「あっ、そうだ。いけない。めったに教えちゃいけなかったんだ。君の兄さんも、それで教えなかったんだな。僕、うっかりしていた。」

次郎は、変な顔をして、

「どうして教えてはいけないんです。」

「ついこないだ、先生にそう言われたんだ。はじめての人には、文字だけは教えてやってもいいが、意味は、一応めいめいに考えさしてみるがいいって。……僕たちが会員になった時には、真《ま》っ先《さき》に先生にそれを説明してもらったもんだがね。」

次郎は、そう言われると、もう強《し》いて教わろうという気がしなかった。彼は、もう一度額の字を見つめた。そして、何度も、口の中で「白鳥芦花に入る」をくりかえしていた。

佐野は、次郎の様子《ようす》をにこにこして眺《なが》めていたが、

「そうせっかちに考えたってわからんよ。ずいぶんむずかしいんだから。それよりか、どうだい、あの掛軸のほうは。あのほうなら、字が読めさえすれば、意味はだいたいわかるよ。」

次郎は、返事をしないで、そろそろと掛軸のほうに眼を転じた。しかし、心はまだ額の字に未練《みれん》を残しているらしかった。

「読めるかい。」

「読めません。どこから読むんです。」

「あのまん中の大きく書いたところから読むんだよ。」

佐野は立ちあがって掛軸のそばに行き、一字一字、指で文字をたどりながら読んでやった。それによると、

「いかにして　まことのみちに　かなはなむ　ちとせのなかの　ひとひなりとも」

というのであった。これには落款《らっかん》があり、左下の隅《すみ》っこに変わった形の朱印《しゅいん》が一つ押《お》してあった。

「意味はわかるだろう、だいたい。」

「ええ、わかります。」

恭一《きょういち》の感化もあって、次郎にもこの程度の和歌なら、字《じ》づらだけの意味はどうなりわからないこともなかったのである。

「良寛《りょうかん》の歌だってさ。」

「良寛？」

「知らないかい。おもしろい坊《ぼう》さんだよ。その本箱の中にも、良寛のことを書いたのが何冊かあるんだがね。」

二人はすぐ本箱の前に立って、それをさがしはじめた。

「これがいい、これが一等《いっとう》おもしろいんだ。」

佐野が、そう言って次郎の手に渡《わた》したのは、「良寛上人《しょうにん》」という、四六判《しろくばん》の、あっさりした装幀《そうてい》の本だった。

次郎はすぐそれを読みだした。そのうちに、会員が五、六名も部屋を出たりはいったりしたが、それがだれだったかもわからなかったほど、彼は熱心にそれに読みふけった。佐野もいつのまにかいなくなっていた。もうすす暗くなっている部屋の中にたった一人すわっている自分を見いだして、彼はやっと未練らしく立ちあがり、本を本箱にかえした。まだ半分も読み終わってはいなかったが、本はいっさい室外には持ち出さない約束《やくそく》になっていたのである。

翌日も、彼はさっそくこの部屋にやって来た。その日は、めずらしく彼一人だった。彼は昨日読みのこした部分を一気に読み終わった。そしてほっと大きなため息をもらし、あらためて掛軸に見入った。昨日以来、「良寛上人」を読んでいるうちに、何か不思議な世界につれこまれていたといった気持ちだったのである。彼は、子供たちを相手に隠《かく》れん坊《ぼう》をして遊んでいるうちに、おいてきぼりを食《く》った良寛の姿《すがた》を、夢《ゆめ》を追うような気持ちで心に描《えが》いた。それは、まるで合点《がてん》の行かない、それでいて否定してしまうには惜《お》しくてならない、なつかしい姿だった。「焚《た》くほどは風がもて来る落ち葉かな」――そんな句も、妙《みょう》に彼の心にこびりついていた。本に説明してあることだけでその意味がはっきりつかめたというのではむろんなかったが、なぜか、良寛とは切りはなせない句のような気がしてならなかったのである。

彼は、いつのまにか、掛軸にある「まこと」という言葉は、これまで修身《しゅうしん》の時間などで教わった「まこと」とは意味がちがうのではないか、という気がしだした。しかし、ただぼんやりそんな気がするだけで、どうちがうのか、それをはっきりさせる手がかりはまるでつかめなかった。彼は、ただ、何度も何度も、掛軸の文字に眼を光らせるだけだった。

「おや、きょうはたったお一人？」

奥さんが、いつのまにはいって来たのか、次郎のすぐうしろから、声をかけた。次郎はびっくりしたようにふりむき、体をねじってお辞儀《じぎ》をした。

「なに読んでいらしたの？」

「これです。」

「ああ、良寛上人《しょうにん》、――それ、あたしもついこないだ読みましたわ。いい本ね。おもしろかったでしょう。」

「ええ。」

「あの掛軸、良寛の歌ですわ。読めて？」

「昨日、佐野さんに教わりました。」

「そう？　あの額のほうは？」

「字の読み方だけ教わったんです。」

「意味は自分で考えてみるんだって、言われたんでしょう。」

「ええ。」

「考えてごらんになって？」

「まだ、あまり考えていません。」

「考えようにも、ちょっと、どう考えていいかわかりませんわね。白い鳥が芦《あし》の花の中にはいるって、ただそれだけなんですもの。禅《ぜん》の文句なんて、まるで謎《なぞ》みたいなものですわ。」

次郎は、世間《せけん》で、わけのわからぬ言葉を禅問答《ぜんもんどう》みたいだ、というのを、これまでよく聞いたことがあったが、こんなのが禅の言葉かな、と思った。

「だけど――」

と、奥さんは、にっこりして、

「意味はわからなくても、いい気持ちのする文句でしょう?」

次郎は、ふと、自分の生まれ故郷の、あの沢辺《さわべ》の晴れた秋景色《あきげしき》を想像した。そこには芦《あし》が密生《みっせい》していて、銀色の穂波《ほなみ》がまばゆいように陽《ひ》に光っている。一羽《わ》の真白《まっしろ》な鳥が、ふわりと青空を舞《ま》いおりて、その穂波に姿をかくした光景《こうけい》は、何ともいえない美しさだった。

「どう? 次郎さんは何とも感じません?」

「美しいと思います。」

「美しいというよりか、すがすがしいといったほうがぴったりしなくって?」

「ええ。」

次郎は、彼がこれまでに接したいかなる女性にも――亡《な》くなった母にさえも――見いだせなかったものが、この奥さんの言葉の中からしみ出て来るのを感じた。

「先生はね、――」

と、奥さんは、今度は掛軸のほうに眼をやりながら、

「良寛のあの歌にある〝まこと〟というのは、この額の文句と同じような気持ちだろうって、よくそうおっしゃっていますの。」

次郎には、しかし、その二つがどんな点で結びつくのか、まるでわからなかった。彼は、けげんそうな眼をして奥さんの顔を見ながら、

「すると、白鳥芦花《ろか》に入るっていうのは、誠《まこと》という意味ですか。」

「そう言ってしまっても、いけないでしょうけれど、煎《せん》じつめると、そうなるかもしれませんわ。」

「どうして、そうなるんです。」

「そこを次郎さんが自分で考えてみるといいわ。」

奥さんは、そう言って微笑《びしょう》した。が、しばらくして、

「でも、このままじゃ、あんまり手がかりがなさすぎるわね。……あたし、先生に叱《しか》られるかもしれないけれど、その手がかりだけ教えてあげますわ。」

次郎は、それをきくのがちょっと卑怯《ひきょう》なような気がしないでもなかった。しかし、そ

の気持ちは奥さんの好意に甘《あま》えてみたい気持ちをおしつぶすほどに強くはなかった。彼は、いくぶん顔をあからめて、奥さんの言葉を待った。

「芦《あし》の花って真白《まっしろ》でしょう。その真白な花が一面に咲《さ》いている中に真白な鳥が舞い込んだっていうのですわ。」

奥さんは、それだけ言うと、また微笑した。そして、

「もうこれでおしまい。ほほほ。」

と、謎《なぞ》のような笑い声を残して、階下《した》におりて行ってしまった。

次郎は、それから小半時《こはんとき》も、掛軸と額とを見くらべながら、ひとりで考えこんだ。しかし、いくら考えても、彼の頭では、「白鳥入芦花」と「まこと」とを結びつけることができなかった。彼は、芦原の中に、きょとんとして立っている良寛の姿を想像したりして、何だかばかにされているような気がするのだった。

九　自己を掘《ほ》る

次郎が「白鳥入芦花」の意味をどうなりつかみ得《え》たように思ったのは、それからふた

月以上もたって、彼《かれ》が二年に進級したあと、はじめて白鳥会が開かれた晩《ばん》のことだった。

その晩の話題は、期《き》せずして、新五年生の下級生に対する態度に関係したことに集中され、とりわけ、大沢《おおさわ》が級会において、多数の五年生を相手に猛烈《もうれつ》な論争をやったことが、興奮《こうふん》と感激《かんげき》とをもって語られた。

「じっさい、大沢君の論鋒《ろんぽう》は鋭《するど》かったよ。痛快《つうかい》だったね。」

「やつらがいきりたてばいきりたつほど、大沢君、落ちつくんだからね。すっかり感心しちゃったよ。」

「しかし、汝《なんじ》ら罪《つみ》なき者彼らを打て、という文句《もんく》を引き出して、やつらを睨《にら》みまわした時には、大沢君もさすがにちょっと興奮していたようだったね。」

「あの時、だれか隅《すみ》っこのほうからアーメンなんてやじったやつがいたぜ。」

「あんなのが一番下劣《げれつ》だね。真正面からぶっつかって来るやつは、まだ脈があるんだが……」

「しかし、大沢君が、おしまいに、大の字なりに寝《ね》ころんで、下級生を鉄拳制裁《てっけんせいさい》する代《か》わりに、おれを踏《ふ》むなり蹴《け》るなりしろ、とどなった時には、どうなることかと心配したよ。」

「あの時は、さすがにやつらもしいんとなってしまったね。」

佐野《さの》や恭一《きょういち》や、そのほかの新しい五年生たちが、代《か》わる代《が》わるそんなことを言った。大沢はただにやにや笑って聞いていた。朝倉《あさくら》先生も、腕組《うでぐ》みをしたまま、黙々《もくもく》として聞き入っていたが、急に、大沢に向かって、

「で、結局、どう落ちついたんだ。」

「お流れです。しかし、僕《ぼく》、最初っから僕たちの考えにまとまるとは考えていなかったんです。お流れになれば成功でしょう。」

「うむ――」

と、朝倉先生は、しばらく考えて、

「しかし、このままではいけないね。このままでは、どうせ鉄拳制裁《てっけんせいさい》の悪風《あくふう》はやまんよ。」

「しかし、そういうことを五年生全体の特権のように考えていたことだけは、これで破《やぶ》ることができたと思います。」

「その代わり、病気を深部《しんぶ》に追いこんだことになるかもしれんね。」

「はあ?」

と、大沢はその大きな眼《め》をぱちぱちさした。すると、先生の澄《す》んだ眼が、かすかに笑って、

「君《きみ》もまだ、あんがい、形式主義者のようだね。」

大沢は、すっかりあわてて、膝《ひざ》を立て直した。ほかの生徒たちも、これはあんがいだという顔をしている。

「むろん、五年生全体の名において、下級生に鉄拳制裁を加えることが、これまで当然のことのように考えられていたのは、この学校の一番の悪風だ。だから、君が、今度《こんど》五年生になったのを機会に、それを打破《だは》しようとしたのは、決して間違《まちが》いではない。ただその方法に問題があるんだ。何だか、いま聞いたところでは、化膿《かのう》した盲腸《もうちょう》を叩《たた》きつぶして、腹膜《ふくまく》の原因を作った、といった格好《かっこう》ではないかね。」

「そんなことになるんでしょうか。」

「どうも、そうなりそうだね、鉄拳制裁の好きな連中は、これから、こそこそ勝手《かって》な行動に出るよ。ちょうど盲腸からとび出した膿《うみ》のように。」

大沢は、少し眼を伏《ふ》せて考えこんだ。

「なるほど、五年全体の名において大っぴらにそれがやれなくなれば、形式としては前よりもよくなるわけだ。しかし、実質的にはいっそう始末《しまつ》に負《お》えないことになるかもしれん。実は、学校として、そのことで、これまで五年生に強圧を加えなかったのも、そうなるのを恐《おそ》れたからなんだ。」

「すると、いつまでもこのままにして放っておかれるつもりだったんですか。」

「そうではない。君らの眼にはどう映《うつ》っていたか知らないが、大垣《おおがき》校長が、赴任《ふにん》されて以来、内々《ないない》最も苦心されて来たのは、そのことなんだ。幸《さいわ》い、葉隠《はがくれ》の四誓願《しせいがん》が、そのまま校訓《こうくん》同様のものになっていたし、校長は、あの大慈悲《だいじひ》という言葉を強調して、じりじりと辛抱《しんぼう》づよく今日《きょう》まで努力してこられたんだ。もうそろそろまる四年になるね。校長が赴任されたのは今の五年生が一年の二学期をむかえたときだったんだろう。」

朝倉先生は、そう言って、感慨深《かんがいぶか》そうに、みんなの顔を見まわしていたが、

「吉田松陰《よしだしょういん》の言葉に、天下は大物《おおもの》だ、一朝《いっちょう》の奮激《ふんげき》では決して動くものではない、それを動かそうと思えば、誠《まこと》を積まなければならない、といったような意味のことがあるが、一つの学校を動かすにも、やはり同様だね。校長が辛抱強く誠を積んで来られたればこそ、君らのように、進んで校風刷新《さっしん》のために戦おうという生徒も何人かあらわれて来たんだ。君らほどの熱意はなくても、心の中では、君らに味方したいと思っていた生徒が、きっとほかにもたくさんあるだろう。四、五年前とはたしかに全体の空気が変わって来ているよ。この分で、もう二、三年も努力すれば、自然に悪風もなくなるだろうと、いつも校長とお話ししていたところだったがね。」

大沢は、いつになく、首を垂《た》れて聞いていたが、

「すると、僕《ぼく》、校長先生のお考えをぶちこわすようなことをしてしまったんでしょうか。」

「ぶちこわしたというほどでもないだろう。しかし、校長は、五年が二派にわかれて争うようなことになってはならないって、いつもそれを心配していられたんだ。生徒には、もともと善玉も悪玉もない。それが、はっきり善玉と悪玉とにわかれてしまって、学校が、やむを得《え》ず善玉のあと押《お》しをしなければならんようになっては、教育もおしまいだ、というのが校長のお考えでね。実は、私も、そのお言葉をきいた時には、はっとしたよ。わざわざあんなへたな字なんか書いて、この会の名をそれにちなんでつけることにしたのも、そのためだったんだ。」

次郎は眼をかがやかした。

「とにかくはっきりした対立的な情勢を作ったのは、君の失敗だったよ。白鳥芦花《ろか》に入る気持ちがほんとうにわかっていたら、もっとほかの方法が見いだせそうなものだったがね。」

大沢は、しきりに首をふった。ほかの生徒たちも、お互《たが》いに顔を見合わせて黙《だま》りこんでいる。朝倉先生は、にこにこして、しばらくその様子《ようす》を眺《なが》めていたが、

「こないだ、ある本を読んでいたら、こんな話が書いてあった。それは、支那《しな》の何と

かという禅宗《ぜんしゅう》の坊《ぼう》さんの話だがね。その坊さんが自分の弟子《でし》をほかのお寺にしばらく修《しゅ》行《ぎょう》に出してやった。何年かたって、その弟子が帰って来たので、何か得るところがあったのか、とたずねると、弟子は黙って地べたに円を描《えが》いて見せたそうだ。円が何を意味するのか、われわれ素人《しろうと》にはわからんが、とにかく何か悟《さと》りを開いたという意味なんだろう。ところで、そのあとがおもしろい。その円を見た師匠《ししょう》の坊さんは、たったそれっきりか、とどなりつけたんだ。すると弟子は、今度はその円をさっさと消してしまった、というのだ。どうだい、大沢、円を消してしまったところが非常におもしろいではないかね。」

「はあ――」

大沢は少しもおもしろそうな顔をしていない。

「君も、どうなり、五年生相当《そうとう》な円を描くことはできるようになったらしいが、まだその円を消すところまでは行っていないようだね。」

「はあ――」

大沢は、また「はあ」と答えた。今度は、しかし、何か思いあたるところがあるといったような返事の仕方《しかた》だった。朝倉先生は、たたみかけて、

「君が、大の字なりに寝転《ねころ》んで、たんかを切ったところなんか、まるで円の上を三角

で上塗《うわぬ》りしたようなものだったね。それじゃ、せっかくの円も台なしだよ。」

「すみません。」

大沢は、その大きな肩《かた》をすぼめて、右手で後頭部《こうとうぶ》をおさえた。

次郎は、さっきから、二人の対話に一心《いっしん》に耳を傾《かたむ》けていたが、大沢がすっかり弱りきっているのが、ふしぎでならなかった。彼は七つ八つの子供のころ、「饅頭虎《まんじゅうとら》」と「指無し権《ごん》」という二人のならず者が、酒の座で喧嘩《けんか》をはじめ、父の俊亮《しゅんすけ》がその仲裁《ちゅうさい》にはいったときの光景《こうけい》を思い起こしていた。父は、その時、両肌《もろはだ》をぬいで二人の間に割《わ》って入り、「それほど喧嘩がしたけりゃ、おれを片づけてからにせい。おれの眼玉の黒いうちはお互いに指一本ささせないぞ。」といったようなことを大声でどなり、すぐ二人を平《へい》身低頭《しんていとう》させたが、その時の感激《かんげき》は今に忘れられない。大沢のやったことも、それと同じではないか。自分の身をなげ出して不正を防ごうとしたことが何で悪いのだろう。次郎には、そんな気がしてならなかったのである。で、彼はいきなり先生にたずねた。

「大沢さんのやったこと、どうして悪いんですか。」

先生は、しばらく返事をしないで、まじまじと次郎の顔を見ていたが、

「君には、ちょっとむずかしいかな。」

と、またしばらく言葉を切って、

「君は、あの額《がく》の意味を考えてみたのかい。」

「考えてみました。しかし、わかんないです。」

「ふむ――じゃあ、今日はいい機会だから、ひととおり話しておこう。はじめての人はよくきいておくんだ。」

そう言って、朝倉先生は説明をはじめた。しかし、その説明は、最初のうち、額に書いてある文字には少しもふれなかった。話は、まず、先生がこのごろよく座談会などに出かけて行く近在の村のことから始まった。

その村には、三十代ぐらいの若い人たちが、二十数名集まって、一つの団体を作り、いつも村のことを研究し、熱心に村の生活の調和と革新《かくしん》とをはかっている。しかし、世《せ》間普通《けんふつう》のそうした団体のように、正面切って改革《かいかく》を叫《さけ》んだり、集団行動に出たりするようなことはほとんどない。団員は、月に何回となく集まって、意見を出しあい、議をねり、計画を定め、その実現を誓《ちか》いあうが、それをその団の決議だなどといって、大ぴらに発表したりすることは決してない。彼らは、それがめいめいにできることだったら、黙《だま》って率先躬行《そっせんきゅうこう》するし、村全体でやらなければならないことだったら、めいめいに自分の近しい人から、茶飲み話の間に角《かど》だてないで説《と》き伏《ふ》せて行く。そんなふうで、いつのまにやら、村の気風《きふう》を改め、世間を指導して行くので、大ていの人は、そんな団体の存在をはっきり知らないし、知っても気にとめない。いわば村の地下水となって村民の生活の根をうるおしているようなものだ。こういうのが、ほんとうの意味で公共に仕える道ではないか。——

次郎も、話がそこまで進むと、「白鳥芦花《ろか》に入る」が、何だかぼんやりわかって来たような気がした。

「それにくらべると——」

と、先生は、ちらと大沢を見た眼を次郎のほうに転じながら、

「大沢のやりかたには、やはり足《た》りないところがある。むろん、自分を売るといったような不純《ふじゅん》な気持ちが大沢に少しでもあったとは私は思わない。大沢も、もうそこいらはとうに突《つ》きぬけているよ。しかし、とにかく大沢という人間が、けばけばしく出すぎて、古い型の英雄《えいゆう》になってしまったことはたしかだ。いわば、真黒《まっくろ》な鳥が白い芦《あし》の花の中に飛び込《とこ》んだようなものだね。」

みんなが思わず笑いだした。大沢は、顔をまっかにしながら、

「わあっ、今日は、僕、台なしだな、次郎君も、もう僕を弁護《べんご》するのはよしてくれよ。」

それで、また、一《ひと》しきり笑い声がにぎやかだった。その笑い声がしずまるのを待って、

先生は次郎に言った。

「どうだ、もうたいてい意味だけはわかったろう。真白《まっしろ》な鳥が、真白な芦原の中に舞《ま》いこむ、すると、その姿《すがた》は見えなくなる。しかし、その羽風のために、今まで眠《ねむ》っていた芦原が一面にそよぎだす、というのだ。お互いに、この白鳥のまねがしてみたいものだね。しかし、なかなかむずかしいぞ。それがほんとうにできるまでには、よほど心を練《ね》らなくちゃならん。自分の正しさにとらわれて、けちな勝利を夢《ゆめ》みているようでは、とても白鳥のまねはできるものでない。良寛《りょうかん》のような人でも、「千《ち》とせのなかの一日《ひとひ》なりとも」と歌っているくらいだからね。」

次郎は、頭におおいかぶさっていたものを、一時にとり去られて、青い空を仰《あお》ぐような気持ちだった。が、同時に、朝倉先生が、いつのまに自分の心をこれほど深く見ぬいたのだろう、と、何か恐《おそ》ろしい気もした。彼は、思わず部屋《へや》じゅうの人たちの顔を、そっと見まわした。すると、いつのまにはいって来たのか、部屋の入り口の、円座から少しさがったところに、奥《おく》さんがつつましくすわって、こちらを見ていた。その眼は、次郎の眼をとらえると、にっこり笑ったが、

「ね、わかったでしょう。」

と、そう言っているような眼だった。

次郎は、これまで、白鳥会というものを、ただ、まじめな生徒たちの集まりだ、というふうに、ぼんやり考えていたが、この晩の集まりで、先生の心のなかには、もっとはっきりしたねらいがあるということに気がついた。しかも、そのねらいは、だれに向けられているよりも、より多く彼自身に向けられているような気さえしたのである。彼は、それ以来、本を読むにも、人に接するにも、何かこれまでとはちがった角度に立って、ものを見るようになった。ことに、伝記物などを読んでいて、以前なら感心したであろうと思われるところに、あまり感心しなかったり、大して注意をひかなかったであろうと思われるところに、かえって深い興味を覚えたりした。また、おおかた一年近くも、彼の幼《おさな》い思想の、唯一《ゆいいつ》の拠《よ》りどころになっていた「無計画の計画」という言葉にも、彼は自分で知らない間に、新しい意味をつけ加えていた。それは、もはや彼にとって、単に彼をとり囲む運命の神秘を意味するだけではなく、彼自身の心を、もっと自然な、作《さく》為《い》のないものにするための指標として役だつようになっていたのである。

次郎の幼年時代をくわしく知っている読者なら、だれでも気づいたであろうように、そのころ彼は、精力の半《なか》ば以上を、周囲の人々の彼に対する気持ちをおしはかることに費やしていた。かつて、私は、「次郎にとって何の自制心《じせいしん》も警戒心《けいかいしん》も必要としないただ一人の相手、うそであろうと、誇張《こちょう》であろうと、そのままにうけ入れてくれるただ一人の相手、そして、かりに腹をたてあうにしても、腹をたてあうことそのことが愛のしるしでさえあるようなただ一人の相手、それは乳母《うば》のお浜《はま》だけであった。」というような意味のことを書いたが、じっさい彼は、お浜以外の人のいるまえで、作為のない自然の行動に出たことは、めったになかった。彼は、人目《ひとめ》をぬすんで火薬をもてあそび、大けがをして苦しんでいた時ですら、周囲の人々の驚《おどろ》きや、心配や、同情の程度《ていど》をひそかに測定することを忘れず、彼の過失に対する非難《ひなん》がどうやら彼のうめき声で帳消《ちょうけ》しになったらしいのを知って喜んだくらいである。彼の悪行も、善行も、純粋《じゅんすい》に彼自身のものであることはきわめてまれであった。それを刺激《しげき》したものは、たいていの場合、周囲の人々の思《おも》わくだったのである。彼が、「愛せられる喜び」から「愛する喜び」へ心を向けかえようと努力したのも、そうした自分の弱さや醜《みにく》さに嫌悪《けんお》を覚えたからであったが、しかし、それとても、まだほんとうに純粋なものだったとはいえなかった。やはり、彼の心のどこかには、病床《びょうしょう》にあった母のために、自分の小遣《こづか》いから、少しばかりの牛肉を買って戻《もど》ったころのほめられたい気持ちが、まだしみついていたのである。彼は、白鳥会の仲間、とりわけ大沢や新賀《にいが》の、物《もの》ごとに渋滞《じゅうたい》しない、率直《そっちょく》な態度を見るにつけ、それがはっきり自覚されて来た。「無計画の計画」という言葉が、彼にとって新しい意味をもつようになったのも、そのためだったのである。

はた目《め》にはいかにもあれ、彼が白鳥会の一員となってからの内面的闘争《とうそう》には、涙《なみだ》ぐましいものがあった。「円を描《か》いて円を消す」――「白鳥芦花《ろか》に入る」――「無計画の計画」――「誠《まこと》」――そうした言葉は、会の集まりの席ではむろんのこと、家庭でも、学校でも、そのほかどんな場所ででも、彼の心を往復した。彼の一言一行は、そうした言葉のどれかを思い起こすことによって、用心ぶかく選まれ、そして省《かえり》みられたといっても、言いすぎではなかったのである。しかも、それで彼の言動の自然さがいくらかでも取りもどせたかというと、決してそうではなかった。それどころか、それらの言葉がいつも彼の頭にこびりついていることが、かえって彼の心を束縛《そくばく》し、彼の言動の自然さをぶちこわすことにさえなるのだった。彼は作為すまいとする作為によって、手も足も出ないことがあった。それは、彼にとって大きな矛盾《むじゅん》であったにちがいない。しかし、彼自身では、少しもその矛盾には気がついていなかったのである。

だが、彼がこの矛盾に気がつかなかったということは、彼の前途《ぜんと》にとって、必ずしも不幸なことではなかったであろう。というのは、円を消すにはまず円を描かなければならないし、無計画の計画は、計画をつきぬけた人だけにしかできないことだからである。次郎は青年期に入ってまだ間《ま》もない人間だ。幼年時代にうけた心のきずは、そう早く枯《か》れてしまうものではない。そのきずが深ければなおさらのことだ。なるほどそれにこだわるのは、見た目に決していいものではない。本人も、むろん苦しかろう。だがこだわりにこだわって、こだわりぬいたところに、ほんとうにこだわらない道がひらけるのだ。私たちは、そう思って、朝倉先生とともにゆっくり彼の将来を見まもって行きたいのである。

一〇　寂《さび》しき別離《べつり》

それから約一年が過ぎた。次郎も、もう三年生である。

大沢《おおさわ》と恭一《きょういち》とは、卒業後そろって高等学校の文科にはいった。大沢は政治に志し、恭一は文学に志していたのである。

白鳥会も、その間に少しずつ人数を増して行って、三十数名になったが、みな、それぞれの学年で粒《つぶ》よりのものばかりだった。一般《いっぱん》の生徒からは、少し変わり者扱《あつか》いにされ、かげでは、「鵞鳥《がちょう》」とか、「あほう鳥」とか、「孔子《こうし》の枯糞《かれくそ》」とか呼ばれることもあったが、それでいて、何とはなしにみんなに尊敬《そんけい》されているといったふうであった。それには大沢の在学中の言動があずかって力があったことはいうまでもない。ことに、彼が鉄《てつ》拳制裁問題《けんせいさいもんだい》で闘《たたか》って以来、彼の下級生からうけた信望《しんぼう》は大したものであった。それがやがて五年生の大部分にも反映して、朝倉《あさくら》先生が心配したように、彼らが二派にわかれて争うというようなことにもならないですんだ。こうして彼の存在が生徒たちの眼《め》に大きく映《うつ》るにつれて、白鳥会全体が、何か犯《おか》しがたい力をもっているもののように思われて来たのである。

次郎の心境も、この一年あまりの間に、たしかにいくらかの進歩を見せた。周囲の思《おも》わくにこだわるくせからは、まだすっかりぬけ切ってはいなかったが、こだわったあとで、それを取《と》り繕《つくろ》ったりするような二重のこだわりは、よほど少なくなっていた。それだけに、彼自身の気持ちもいくらか軽くなり、周囲の人々も、彼がしだいに快活になって行くのを喜んだ。

「本田《ほんだ》も、このごろ、いくらかすべりがよくなったようだね。しかし、上滑《うわすべ》りは禁物《きんもつ》だ。」

朝倉先生は、白鳥会の集まりの時に、一度そんなことを彼に言った。――白鳥会では、恭一がまだ在校していたころは、恭一を「本田」と呼び、次郎を「次郎君」と呼ぶならわしだったが、恭一の卒業後は、いつとはなしに、次郎が「本田」と呼ばれるようになっていたのである。

宝鏡先生と彼との関係は、それ以来少しも発展しなかった。一年級の終わりまでは、――といっても、事件後わずか一か月あまりだったが、――教室でおたがいに多少気まずい思いをしながらも、事《こと》なくすんだ。次郎の学年成績の通信表に記された数学の点は七十五点で、彼のできばえ相当《そうとう》であった。ただ、彼が内心いくらか不満に思ったのは、第一、第二学期とも甲《こう》であった操行《そうこう》評点が、乙《おつ》にさがっていたことであった。しかし、彼は、それを宝鏡先生のせいにする気には不思議になれなかった。操行評点は学級主任が原案を作ってそれを職員会議にかけて決定する、ということをかねて聞いていた彼は、罪は小田《おだ》先生にあるような気がしていたのである。

二年に進級すると、数学の受け持ちの先生が変わって、次郎は、宝鏡先生とはほとんど顔をあわせる機会がなくなった。彼はそれでほっとした気にもなったが、また一方では、先生が二年級について来なかったということが、まったく自分のせいでもあるような気がして、何かすまない気持ちだった。そして、式や何かの場合には、彼はいつも、講堂《こうどう》の隅《すみ》っこの席に行儀《ぎょうぎ》よくかしこまっている先生の姿《すがた》を、遠くから注意ぶかく眺《なが》めていた。彼の眼には、先生の姿がいつもしょんぼりしているように見えた。人なみはずれた巨大《きょだい》な体軀《たいく》であるだけに、それがいっそう寂《さび》しく思えるのだった。そんな時、彼がきまって思い出すのは、朝倉先生の「課題」だったが、それは時として彼を物悲《ものがな》しくされさせるのだった。

こうして、とうとう彼は三年に進んだが、その第一学期の試験も明日で終わるという日の朝、彼が校門をはいると、すぐ右手にある掲示場《けいじじょう》の前に、十四、五名の生徒がたかって、やんやと何かはやしたてていた。中には、遠方《えんぽう》にいる生徒たちを大声で呼んだり、手招《てまね》きしたりしているものもあった。彼も、ついそれに誘《さそ》われて、急いで近づいてみると、そこには黒塗《くろぬ》りの掲示板が二枚かかっており、まだ十分に乾《かわ》ききれない白堊《はくあ》の毛筆《もうひつ》書《が》きで、その一方には、「教諭心得《きょうゆこころえ》宝鏡方俊、願《ねが》い《よ》ニ依リ本職ヲ免《めん》ズ」とあり、もう一方には、「明〇〇日一学期終業式後宝鏡先生ノ送別式ヲ行ウ」とあった。次郎は、それを見た瞬間《しゅんかん》、妙《みょう》に胸をしぼられるような気がした。そして、しばらくは白堊の文字を見つめたまま、ほかの生徒たちの騒《さわ》ぎの中に、じっと突《つ》っ立《た》っていた。

「とうとうやめたのか。」

「しかし、よく辞職《じしょく》したね。」

「諭旨《ゆし》さ、むろん。」

「諭旨って何だい。」

「諭旨退学の諭旨だよ。」

「先生にもそんなことがあるんだね。」

「あるとも、それがなくって自分からやめる先生なんて、ありゃせんよ。」

「しかし、ホウキョウ・ホウシュン、かわいそうだな。はやく転任《てんにん》でもすりゃいいのに。」

「転任したって、またすぐだめになるさ。」

「どうせ引きうける学校もないだろう。」

「やっぱり山伏《やまぶし》をやるほうが似合っているよ。」

生徒たちは、そんなことを言っては、笑ったり手をたたいたりした。次郎は、聞いているのがつらくなり、急いでその場をはずした。

教室に入ってみると、もうそこでも、宝鏡先生のことでみんながわいわいさわいでいた。そして、次郎の顔を見ると、

「やあ、本田が来た、来た。」

「掲示を見たか。」

「どうだ、痛快だろう。」

などと、くちぐちに次郎に祝意を表《ひょう》するようなことを言うのだった。

次郎は、しかし、にこりともしないで自分の席に腰《こし》をおろした。そして、雑嚢《ざつのう》を机《つくえ》の上に置くと、そのままほおづえをついて、眼を黒板のほうに注《そそ》いだ。

「どうしたい、本田。」

と、二、三人が彼のほうによって来た。それでも彼は返事をしない。みんなの視線が、自然と彼のほうに集まった。

「ホウキョウ・ホウシュン、やめたぜ。」

と、だれかが隅《すみ》のほうからどなった。

「知ってるよ。」

次郎はふりむきもしないで答えた。それから、のそのそと立ちあがって、あっけにとられているみんなの顔を一巡《いちじゅん》見まわしたあと、黙《だま》って教室を出て行ってしまった。

次郎が出て行くのとほとんど入れちがいに新賀《にいが》がはいって来たが、彼は、次郎の机の上の雑嚢を見ると、すぐ隣《となり》の席の生徒にたずねた。

「本田はどこへ行ったい？」

「知らんよ。たった今出て行ったんだが、何だか変だったぜ。」

新賀はちょっと考えた。が、すぐ自分の雑嚢を机の上にほうりなげ、あたふたと次郎のあとを追った。

まもなく、新賀は次郎を見つけたらしく、二人は、例の銃器庫《じゅうきこ》のかげで、始業の鐘《かね》が鳴るまで何か話しあっていた。

翌日の第一学期終業式の校長の訓辞《くんじ》はごく簡単ですみ、引きつづき宝鏡先生の送別式が行なわれた。

＊

「宝鏡先生は、今回〇〇県の〇〇高等女学校に転任されることになりまして……」

校長は、まずそんなふうに紹介《しょうかい》の言葉をはじめた。すると、生徒たちは、「おや」という眼をして一《いっ》せいに顔をうごかした。無資格教師には出向辞令《しゅっこう》が出ないということを知らなかった彼らは、宝鏡先生は退職したとばかり思いこんでいたのである。次郎もその一人だったが、彼はその瞬間、これまで伏《ふ》せていた眼をあげて、思わず宝鏡先生を見た。宝鏡先生は、いつもとちがって、職員席の最前列の、しかも、校長席のすぐ隣に、仁王《におう》のように厳《いか》めしく立っていたが、その汗《あせ》を浮《う》かしているらしい額《ひたい》も、次郎には、その時、あまり苦にならなかった。

校長の言葉は、ほんの二、三分で終わった。そうした場合、事実とちがった月並《つきなみ》の讃《さん》辞《じ》をのべたてるようなことは、これまで校長の決してやらないことだったが、宝鏡先生についても、校長は、ただ次のようなことを述べたきりだった。

「先生が御在任中《ございにんちゅう》、ただの一時間も授業を休まれないで、諸君《しょくん》の教育にあたってくだすったことは感謝にたえない。これは、先生の御健康のたまものであるが、また私事《しじ》をもって公事《こうじ》をおろそかにされない先生の御精神がしからしめたものだと思う。私は、それを先生が本校にのこされた最大の教訓《きょうくん》として、諸君とともにありがたくおうけしたいと思う。」

次郎は、宝鏡先生がそれだけでも校長にほめてもらったことが、何かうれしかった。しかし、とりわけ彼の心にしみたのは、校長がそのあとにのべた言葉だった。

「諸君は、今後、いつ先生と再会の期があるかわからないが、一《ひと》たび結ばれた師弟《してい》の縁《えん》は永久に消えるものではない。それは親子の縁が永久であるのと同様である。諸君が将来、社会的にどんな高い地位につこうと、あるいはその反対に、どんな逆境に沈《しず》もうと、宝鏡先生はやはり諸君の先生として、諸君を見てくださるだろう。私は、諸君が将来どこかで先生の膝下《しっか》に参じ、過去の思い出を語りあい、さらに何かとお教えを乞《こ》う機会があることを確信する。」

次郎は、変に悲しいような気持ちになって、首を垂《た》れた。

やがて宝鏡先生が校長に代《か》わって壇《だん》に立ったが、その顔はいくぶん青ざめて硬《こわ》ばっていた。先生は、まずハンカチで顔の汗をふき、どこを見るともなく、その大きな眼をきょろきょろさせた。それから、だしぬけにどなるような声で挨拶《あいさつ》をはじめたが、それには順序も何もなかった。ただ、不思議に言葉だけは滔々《とうとう》とつづき、しかも「授業を一時間も休まなかった」とか、「私事をもって公事をおろそかにしなかった」とかいうような、校長のほめ言葉を何度《なんど》も自分でくりかえしては、やたらに謙遜《けんそん》したり、感激《かんげき》したりした。

次郎はきいていてはらはらした。近くの生徒たちの中には、おかしさをこらえて、肱《ひじ》でつっつきあったりする者もあった。先生たちの顔も変にゆがんでいる。その中で、いつもと少しも変わらない顔をしているのは、校長と朝倉先生だけだった。校長の眼は厳《げん》粛《しゅく》で、しかもあたたかだった。朝倉先生の眼はふかぶかと澄《す》んで静かだった。次郎は、二人の眼を見た瞬間《しゅんかん》、何か大事なことを教えられたような気がした。彼の注意は、それから、二人の顔にすいつけられて、宝鏡先生の言葉がほとんど耳にはいらなかった。

宝鏡先生が壇をくだると、生徒席のほうから、五年生の一人が進み出て、送別の辞を述べたが、これは紋《もん》切《き》り型《がた》で、しかも一分とはかからなかった。最後に体操の先生から、宝鏡先生の出発の日取りや汽車の時刻《じこく》が発表され、休暇中《きゅうかちゅう》だからそろってお見送りはできない、市内の者でできるだけお見送りするように、との注意があって、送別式はともかくも無事にすんだ。

次郎は、何かほっとした気持ちで、講堂を出た。すると、新賀が彼と肩《かた》を並《なら》べながら、言った。

「どうだい、今すぐ行こうか。」

「うむ。」

二人は、その足で、いっしょに生徒監室《せいとかんしつ》に行き、朝倉先生の机のそばに立った。次郎はいくぶんはにかみながら、

「先生、僕《ぼく》、宝鏡先生にお会いして、あやまっておきたいと思います。」

「ほう。――」

と、朝倉先生は、何か書類を読んでいた眼を次郎のほうに転じて、しばらくその顔を見つめていたが、

「うむ、そうか。それはいいね。しかし、いっそあやまるんなら、もう学校でないほうがいい。お宅《たく》をお訪《たず》ねしたらどうだい。あと三、四日は間《ま》があるんだから。」

次郎は新賀のほうをふりむいた。二人はすぐうなずきあった。

「新賀は？」

と、二人の様子《ようす》を見ていた朝倉先生が、不審《ふしん》そうにたずねた。

「僕も、本田君といっしょに行くんです。」

「どうして？　本田一人ではいけないのかい。」

「僕もあやまることがあるんです。」

朝倉先生はちょっと考えていたが、

「そうか。うむ、うむ。」

と、いかにも感慨深《かんがいぶか》そうにうなずいて、

「よかろう。じゃあ、二人で行きたまえ。」

二人は、すぐお辞儀《じぎ》をして、歩きだそうとした。すると、先生は、

「しかし、あやまるったって、今さら何もかしこまって、あの時のことを言いだす必要はない。あの時のことにはふれないで、何か荷造りのお手伝いでもしてあげるんだな。」

二人は、それから、いったんめいめいの家に帰ったが、夕飯をすますと、そろって宝鏡先生をたずねた。形式ばってあやまらなくてもいい、という朝倉先生の注意が、二人を非常に気軽な気持ちにさせているらしかった。

宝鏡先生の家は、町はずれに近い、間口《まぐち》二間《けん》の古ぼけた店屋のあとで、玄関《げんかん》も何もなかった。二人がその土間《どま》にはいった時には、まだそとは明るかったが、蚊《か》のうなりがぶんぶん聞こえていた。宝鏡先生は、糊気《のりけ》のない、よれよれの浴衣《ゆかた》の襟《えり》をはだけ、胸毛《むなげ》をのぞかせて出て来たが、土間に立っている生徒の一人が次郎だとわかると、ちょっとい

やな顔をした。そして、次郎よりもずっと体格のいい新賀がそのうしろに突っ立っているのを、うさんくさそうに見たあと、

「本田と新賀じゃな。何しに来たんじゃ。」

と、いくぶん身構《みがま》えるような態度で言った。

二人は、少なからず面喰《めんく》らった。しかし、どちらも、それで腹をたてたような様子はなかった。次郎はぴょこりと頭をさげて、

「新賀君と二人で、お荷物のお手伝いに来ました。」

先生は、拍子《ひょうし》ぬけがしたように、二人の顔を見くらべた。しかし、まだ安心がならぬといった眼をして、

「荷物の手伝い？　それはもう人をやとってあるんじゃ。」

「そんなら、何か使い走りでもさしてください。何でもやります。」

今度《こんど》は、新賀が言った。

「うむ。――」

と、先生は、急に二人から眼をはなした。同時に、首をそろそろと垂《た》れはじめたが、垂れ終わったところで、何かを払《はら》いのけるように、二、三度それを横に振《ふ》った。

蚊のうなりが、その時、異様《いよう》に高くひびいて三人を包んだ。しばらくして、

「よう来てくれたな。」

と、先生は首を垂れたまま、両手を帯のあたりに組みあわせた。

そのあと、また、かなりながいこと沈黙《ちんもく》がつづいたが、

「まあ、二階にあがってくれ。話があるんじゃ。」

二人は先生のあとについて、二階にあがった。八畳《じょう》の、天井《てんじょう》の低い部屋《へや》で、床の間《とこのま》はあったが、軸物《じくもの》一つかかっていなかった。安物の机が一脚《いっきゃく》と、その上に四、五冊《さつ》の数学の参考書を立てた本立てが置いてあるきり、部屋中ががらんとしていた。窓のそとはすぐ隣の屋根で、あいだには青い葉一つ見えなかった。

三人は座蒲団《ざぶとん》なしですわったが、すわるとすぐ、宝鏡先生はもう一度、

「よう来てくれたな。」

と、いかにもうれしそうに言って、二人にあぐらになるようにすすめた。それから、

「わしのうちに生徒がたずねて来てくれたのは、君《きみ》らがはじめてじゃ。君らがはじめての終わりじゃな。」

と、わざとらしく笑ったが、その声はうつろで寂《さび》しかった。

次郎も新賀も、返事のしようがなくて、黙って首を垂れていると、先生は一人でいろんなことをしゃべりだした。

「わしゃ、頭がわるい。じゃが、今日《きょう》校長先生が言われたように、真心《まごころ》はあるんじゃ。」とか、「今度行く学校は女学校じゃが、そこでは数学だけでなく、受け持ちの組の修身《しゅうしん》もやることになっているんじゃ。」とか、くすぐったいような言葉があとからあとから出て来たが、かんじんの次郎との一件には決してふれようとしなかった。二人はあくまで神妙《しんみょう》な顔をして聞いていた。しかし、いつまでたってもきりがない。で新賀がついにたずねた。

「先生、お手伝いはいつがいいでしょう。」

「そうじゃな。」

と、先生はちょっとまごついたような顔をして、答えをしぶった。そして大きな指を折って日数を読んでいたが、

「試験の答案がまだ残っているんじゃ。受け持ちの組の通信表はほかの先生がやってくださることになっているんじゃが、それでも、荷物の片づけは明後日《あさって》まではできんじゃろ。」

二人はまもなく先生の家を辞したが、先生は二人をおくって階段をおりると、奥《おく》のほうに向かって叱《しか》るように言った。

「学校の生徒がたずねて来てくれたんじゃよ。お茶も汲《く》まんでどうしたんじゃな。」

「おや、まあ。」

そうこたえて出て来たのは、肺病《はいびょう》ではないかと思われるほど、顔色の悪い、痩《や》せた女だったが、わざわざ土間《どま》におりて二人を見おくった。二人は門口《かどぐち》を出ると、むせるように蚊やりの煙《けむり》の流れている町を、沈黙がちに歩いた。

*

さて翌々日の夕方、二人はもう一度宝鏡先生を訪ねて行ったが、驚《おどろ》いたことには、家はもう空家《あきや》になっており、閉《と》ざされた戸に一枚の半紙が貼《は》りつけてあって、それには郵便物の転送先の学校名が記されていたのだった。

「どうしたんだろう。」

二人は、その半紙を見つめて、しばらく立ちすくんだあと、すぐその足で朝倉先生をたずね、事情をきいてみた。しかし、朝倉先生も何も知らなかったらしく、二人の話で、しきりに首をかしげていたが、

「じゃあ、もうたぶんたたれたんだろう。学校のほうには私から知らしておく。しかし、あさっては、君ら二人だけでもいいから、念《ねん》のため示された時刻に駅に出てみるがいいね。」

翌々日、二人は、言われたとおり駅に出てみた。駅には先生も生徒もまだ一人も見えていなかった。少しおくれて体操の先生があたふたとやって来たが、二人を見ると、

「宝鏡先生の見送りなら、もう帰ってもいい。一昨日《おととい》たたれたそうだから、途中《とちゅう》でほかの生徒にあったら、そうつたえてくれ。」

二人は、それでも、発車時刻になるまで駅の前あたりをぶらぶらしていた。そのうちに白鳥会員が四、五名やって来たが、二人の話をきくと、

「なあんだ、ばかにしてらあ。」

と、あっさり帰って行ってしまった。そのほかには生徒は一人も見えなかった。むろん宝鏡先生も見えなかった。

発車のベルが鳴ると、新賀は改札口《かいさつぐち》のほうを睨《にら》みつけるようにして言った。

「しようのない先生だったなあ。」

次郎は、しかし、いやに寂しい気がした。

(僕たちは、おそらく、もう永久に宝鏡先生に会う機会がないだろう。これは無計画の計画とも少しちがうようだ。)

彼は、その時、そんなことを一人で考えていたのである。

一一　上酒一斗《いっと》

次郎《じろう》は、四月以来、恭一《きょういち》と大沢《おおさわ》から、熊本城《くまもとじょう》や、阿蘇山《あそさん》や、水前寺《すいぜんじ》などの絵はがきを、何枚も受け取っていた。書いてあったことはいずれもごく簡単だったが、二人の愉快《ゆかい》そうな生活の様子《ようす》は、その間からもうかがわれた。次郎はそれを一枚残らず大事に机《つくえ》の抽斗《ひきだし》にしまいこんで、おりおり取り出しては見るのだった。

六月末ごろになって、恭一からはじめてかなり分厚《ぶあつ》な手紙が来た。それには学寮《がくりょう》生活の様子がこまごまと記してあり、

「ここでは舎監《しゃかん》と生徒との関係よりも、生徒相互《そうご》の関係が重要だ。つまり、生徒がお互《たが》いの工夫《くふう》と努力とで共同生活を建設して行くところに、中学校の寄宿舎などでは味わえない興味がある。こういう生活をやりだしてみると、僕《ぼく》らが白鳥会員であったということは、いよいよ大きな力になって行くようだ。大沢君といつもそのことを話している。」

などと感想がつけ加えてあった。

次郎はむさぼるようにそれを読んで行った。しかし、何よりも彼《かれ》の心を刺激《しげき》したのは、手紙の最後になって次のような文句《もんく》を見いだしたことだった。

「このごろ、お父《とう》さんに変わったことはないか。店の商売の様子はどうだ。もし変わったことがあれば、かくさず知らせてくれ。どういう事でも、僕は決して驚《おどろ》かないつもりだ。いよいよとなれば、大沢君にも相談した上で、夏休みには帰らないで、できるだけの用意をしておきたいと思っている。」

次郎は、それを読んだ瞬間《しゅんかん》、これまであまり気にもとめないでいた一つのできごとを思い出して、異様《いよう》な不安に襲《おそ》われた。それは、開店以来店にすわっていた番頭《ばんとう》の肥田《ひだ》が、恭一が熊本にたつ間際《まぎわ》に、売《う》り掛《か》け金や何かをさらって、急に姿《すがた》を消してしまったことである。

肥田は、俊亮《しゅんすけ》が村にいたころ、青木《あおき》医師についで親しくしていた人の末弟にあたる人だが、生来《せいらい》しまりのない男で、ほうぼうでしくじったあげく、俊亮の店開きのことを聞きこんで泣きついて来たのを、俊亮が例の俠気《きょうき》と大まかさから、店に使ってやることにしたのだった。そうした事情はいつのまにか次郎にもわかっていたし、それに、肥田が姿を消した時のお祖母《ばあ》さんの騒《さわ》ぎようはずいぶんひどかったにもかかわらず、俊亮自身は割合《わりあい》落ちついており、肥田の兄にそのことを知らしてやったきり、強《し》いて本人の行方《ゆくえ》を捜そうともしなかったので、彼は、それをさほどの大事件とも思わず、肥田がいなくなって、父はかえって安心したのだろう、ぐらいにしか考えていなかったのである。

　彼は、しかし、恭一の手紙で、新たにそのことを思い出し、なお、その後の店の様子などを考えているうちに、このごろ、麦酒《ビール》や日本酒の罎詰《びんづ》めをならべた商品棚《しょうひんだな》ががらんとなって来たことや、夕方の忙《いそが》しくなければならない時間に、二人の小僧《こぞう》たちがぼんやり腰《こし》をおろしている様子などが眼《め》に浮《う》かんで来て、不安はいよいよつのって行くばかりだった。

　で、彼は、その後、毎日学校の行きかえりに、店の様子にとくべつ注意を払《はら》うようになった。すると、気のせいか、さびれは日にまし目《め》だち、掃除《そうじ》までが行きとどいていないような気がするのだった。ただ、いつもと変わらないのは、土間《どま》につみあげてある七、八本の四斗樽《しとだる》だったが、それも、ある日彼が学校の帰りがけに小僧たちと冗談《じょうだん》を言いながら、それとなく指先でたたいてみると、どれもこれも空ばかりのようだった。

　彼は、思いきって父に恭一の手紙を見せ、事情をたずねてみようかと考えた。しかし子供のくせにさしでがましいと思われそうな気もし、また、たずねたためにかえって父にいやな思いをさせそうにも思えたので、つい言い出しそびれてしまった。そして、恭一には、それから五、六日もたってから、自分の見たままのことを書いて、ひとまず返事を出しておいたのである。

そうこうするうちに、一学期も押《お》しつまり、試験の準備《じゅんび》に時間をとられたり、宝鏡先生の転任《てんにん》で気をつかったりして、とうとう夏休みを迎《むか》えたわけだったが、その間、ともかくも、店の仕事はつづけられ、また、たまには罐詰めの数がいくらかふえたり、新しい四斗樽が何本か運びこまれたりしたのを見たので、彼も当初ほどには店のことを気にかけなくなり、何もかも恭一が帰って来た上でのことだという気になっていた。

ところが、恭一は、八月の五、六日ごろになっても帰って来なかった。それを心配していろいろ言いだしたのは、まずお祖母《ばあ》さんだった。次郎もむろん内々《ないない》心配はしていたが、俊亮の顔色をうかがうだけで、口に出してはそれと言わなかった。俊亮は、ただ、

「どこか、山登りでもして来るんでしょう。」

と、いかにも無造作《むぞうさ》に言って、なるべくお祖母さんの相手にならない工夫をしているらしかった。

お祖母さんがやいやい言いだしてから二日目の夕方、ちょうどみんなが食事をしている時に、恭一から次郎にあてたはがきがついた。それにはこうあった。

「今度《こんど》の休みは、はじめてのことでもあり、帰っておみやげ話をしてみたい気もするが、結局帰らないことに決心した。大沢君も僕と行動をともにしてくれるそうだ。あり

がたいと思っている。くわしい事は、お父《とう》さんにこないだ手紙を出しておいた。お父さんからの返事はまだもらわないが、むろん許してくださるだろうと思う。……君《きみ》は、これまでに、強くなる修業《しゅぎょう》をすでに十分つんで来たが、僕はこれからはじめるのだ。いずれ、また近いうちに便りをする。」

次郎は読み終わると、ちらと父の顔を見たが、すぐそ知らぬ顔をして、はがきをズボンのかくしに突《つ》っこんだ。しかしお祖母《ばあ》さんのほうが、もうさっきから、ちゃぶ台ごしに、そのはがきに眼をつけていたのである。

「恭一からじゃないのかい。」

「ええ。——」

と、次郎はなま返事をして、また父を見た。

「何といって来たんだえ。はがきなんかよこして、まだ帰らないつもりなのかね。」

「今度の休みには、帰らないんですって。」

「なに、帰らない？　どうしてだえ。」

「大沢さんも帰らないんですって。」

次郎の返事はとんちんかんだった。

「大沢さんは大沢さんだよ。恭一はどうして帰らないんだね。……どれお見せ、そのはがきを。」

次郎は、父の顔をうかがいながら、気まずそうに、少し皺《しわ》になったはがきをちゃぶ台の上に置いた。

そのあと、俊亮とお祖母さんとの間に、どんな会話がとりかわされ、どんな感情の波をうったかは、省《はぶ》いておく。とにかく、次郎は、二人の言葉で、彼が想像していた以上に店の運転がきかなくなっていることや、恭一が学資の足《た》しを得るために、新聞配達だか、家庭教師だかの仕事を見つけようとしていること、あるいはすでに見つけたかもしれないということなどを、あらまし知ることができたのである。

その晩《ばん》、彼は、蚊《か》にさされながら、恭一に長い手紙を書いた。それには、彼が観察したかぎりの家の事情を述べ、恭一の決心と大沢の友情をたたえ、最後に、自分もこの夏休み中は店の小僧になって働いてみるつもりだ、という意味を書きそえた。

彼は、実際、翌日からそのとおりに実行しはじめた。今では番頭格《ばんとうかく》の、徴兵検査《ちょうへいけんさ》を二、三年まえにすました仙吉《せんきち》という小僧に教《おそ》わって、客足のない朝のうちに、彼はまず酒の量《はか》り方《かた》を熱心にけいこした。また元桶《もとおけ》の酒を売り場の甕《かめ》に移すやり方や、水の割《わ》りかたなども一通《ひととお》り教わった。そして、午後になると、自分と同《おな》い年《どし》の文六《ぶんろく》というもう一人の小僧といっしょに、シャツ一枚になって、徳利《とくり》を洗ったり、得意先《とくいさき》に酒を届けたり、そのほかいろいろの雑用に立ち働いた。

　俊亮も、お祖母《ばあ》さんも、それを見て、いいとも悪いとも言わなかった。しかし二人とも内心喜んでいる様子は少しもなかった。俊亮は、「正木《まさき》のお祖父《じい》さんも、大巻《おおまき》のお祖父さんも、お前の夏休みを楽しんで待っておいでだったがね」と言い、お祖母さんは、俊亮のそんな言葉にも、ただにがりきっているだけだった。

　お芳《よし》は、例によって、どんな気持ちで次郎を見ているのか、さっぱりわからなかった。番頭の肥田がいなくなって以来、俊亮の留守《るす》のおりには、ちょいちょい店の見張りに出て、何かと店のことも心得《こころえ》ていたせいか、わざわざ次郎の働いているところにやって来て、自分の気のついたことを教えてやったりするのだったが、それにとくべつの意味があるとも思えなかった。

　弟の俊三《しゅんぞう》も、もうそのころは中学の二年だった。――彼は入学試験に次郎のようなしくじりがなかったため、年は二つちがいでも、学校は一年しかちがっていなかったのである。――頭もよく、学校の成績などは、兄弟《きょうだい》のうちだれよりもすぐれていたが、末っ子の気持ちはまだぬけていず、次郎にすすめられても、白鳥会にもはいらなかったぐらいで、家の事情などには、まるで無頓着《むとんちゃく》でいるらしかった。で、次郎が急に店で働きだしても、「あんなことおもしろいんかなあ」といったぐらいの感想をもらすだけだった。

次郎が店の手伝いをやろうと思いたった直接の動機は、むろん恭一の決意に対する同感だった。何だかじっとしておれないというのが、彼が恭一にあてた長い手紙を書いた時の気持ちだったのである。しかし、理由はただそれだけではなかった。彼には、店の事情をもっとはっきり知りたい、という考えがあった。また、自分が手伝ったために、店がいくらかでもよくなるのではないか、という希望もあった。そうした考えや希望の底に、彼の幼年時代からの好奇心《こうきしん》と功名心《こうみょうしん》がまったくひそんでいなかったとはいえなかったかもしれない。しかし、彼としては、自分でめったに経験したことのないほど懸命《けんめい》な気持ちだったのである。

だが、ほんの五、六日も働いているうちに、彼はもう絶望に似たものを感じはじめた。というのは、売り場の酒は、特上、上、中、下と、四段階にもわけてあるのに、もとになる酒はほんの一種で、ただ水の割りかたをちがえてあるばかりだったし、それに、そのもとになる酒というのが、必ずしも一定した酒ではなく、始終銘《しじゅうめい》が変わっている、ということを発見したからである。彼は、それでも、最初それを知った時には、酒というものはそんなものかしら、とも思い、そっと仙吉にたずねてみたのだった。すると仙吉は、にやにや笑いながら、

「以前にはこんなことはなかったんですよ。何しろこのごろのように仕入れがうまく

行かなくっちゃ、こうでもするよりしかたがないでしょう。」

そしていかにも皮肉《ひにく》な調子で、

「しかし、酒の味のわからない家では、今でも買いに来てくれるんですから、ありがたいものですよ。」

次郎は、そうきくと顔から火の出るような気持ちだった。そして、もうそれで何もかも見とおしがついたように思い、働く元気もなくなったのであるが、さればといって、わずか五、六日でよしてしまう気にもなれず、朝倉《あさくら》先生に話してみたらどう言われるだろうか、とか、正木や大巻ではもう知っているだろうか、とか、いろんなことを考えながら、相変《あいか》わらず手伝うことだけはやめずにいた。

すると、それからなお一週間ほどたったある日のこと、変にしゃがれた声で、

「今日《こんにち》は。」

とあいさつして、やけに喉《のど》のあたりを扇《おうぎ》であおぎながら、店にはいって来た女があった。でっぷり肥《ふと》った五十前後の白あばたのある女で、小さなまげを結《ゆ》っていた。

ちょうど昼過ぎの、暑いさかりで、ひっそりした店では、仙吉が帳場《ちょうば》の机のそばで居《い》眠《ねむ》りをしており、文六の姿は見えず、次郎が、空樽《あきだる》に腰《こし》をかけて雑誌を読んでいるところだった。次郎は、顔をあげてその女を見ると、すぐ、どこかで見たことのあるような

女だと思った。

「まあ暑いこと。」

女はそう言って、無遠慮《ぶえんりょ》に店先に腰をおろした。そしてじろじろとあたりを見まわしていたが、仙吉がねぼけた眼を自分のほうに向けたのを見ると、

「ほほほ、のんきそうだこと。結構《けっこう》なお身分だわ。」

仙吉の顔はやにわに緊張《きんちょう》した。そして、

「いらっしゃいまし。」

と、いかにも冷淡《れいたん》に言って、膝《ひざ》を立て直した。すると、女は、扇をたたんでそれを帯にはさみ、その代《か》わりに何か書き付けみたようなものをひっぱり出しながら、

「今日《きょう》は、こないだの次のぶんを頂戴《ちょうだい》にあがったんですがね。もうあれから半月以上にもなるし、こちらのご都合《つごう》もちょうどいいころかと思って。」

「今日は、あいにく、旦那《だんな》が留守で、私じゃどうにもなりませんがね。」

と仙吉は、うわべは恐縮《きょうしゅく》しながら、その中にどこか突《つ》っぱなすような調子をこめて答えた。

――俊亮は実際留守だったのである。

「旦那がお留守でも、お酒はあるんでしょう。」

「そりゃ、あるにはありますが、何しろ——」

「何しろ、どうなんですの。お酒があればくださりゃいいじゃありませんか。」

「それが実は……」

「ふふ。この暑いのに、何しろ、と実はを聞きに来たんじゃありませんよ。上酒一斗《いっと》正《まさ》に預り候也《そうろうなり》、——ほれ、この通りちゃんと預かり証をもって来ているんじゃありませんか。私は、お預けしたお酒を受け取りに来たまでなんですがね。」

女は、帯の間から引き出した書き付けをひろげて、仙吉のまえに突き出した。

仙吉は、ちらとそれに眼をやったがすぐそっぽを向いてしまった。

「おや。」

と、女は、その大きな腹を突き出すようにして、少しのけぞりながら、じっと仙吉の横顔を見すえていたが、

「お前さん、まさか、知らん顔をしようというのではないでしょうね。これはお酒の預かり証なんですよ。上酒一斗を、こちらのお店で預かりくだすったその証拠《しょうこ》なんですよ。」

「わかっていますよ。」

と、仙吉はあいかわらず、そっぽを向いて、

「しかし、それじゃあ、旦那があんまりお気《き》の毒《どく》じゃありませんか。肥田さんの尻《しり》ぬぐいも、もうたくさんだと私は思いますがね。」

「じゃあ、この預かり証は、お店には関係がないというわけですね。」

「そうじゃありません。そりゃこちらの店の判がおしてある以上、知らないとは言いませんよ。それだからこそ、旦那もこれまで苦しいのをがまんして、どろぼうに追《お》い銭《せん》みたいなことをして来たんじゃありませんか。しかし、正直《しょうじき》のところ、あんたのほうでもそうとことんまでしぼりあげなくったってよさそうに思いますよ。あたりまえにお金をいただいての預かり証と、肥田さんの遊興費《ゆうきょうひ》とは、第一わけがちがいますし、それにこちらの事情もまるでおわかりにならんことはないでしょうからね。」

仙吉はしだいに雄弁《ゆうべん》になって来た。彼は、もうとうに店に見切りをつけているらしかったが、俊亮の人柄《ひとがら》には心から敬服《けいふく》しており、そのために、強《し》いては暇《ひま》ももらわず、これまで何かと心をつかって、店のやりくりをして来ただけあって、こうした場合、おとなしくばかりはしていなかったのである。

しかし、相手の女は、仙吉などにやりこめられるほど、なまやさしい女ではないらしかった。彼女《かのじょ》は、仙吉に言わせるだけ言わせてしまうと、

「あんたも、若いに似ず、理詰《りづ》めで来たり、人情にからんだり、なかなか隅《すみ》に置けな

いわね。旦那もさぞ心丈夫《こころじょうぶ》でしょう、ほほほ。……だけど、どう？　預かり証はもうこれでおしまいなんだから、いっそさっぱりなすっちゃ。そりゃあ、こちらの旦那としちゃあ、ずいぶんご迷惑《めいわく》でしょうともさ。私だって重々《じゅうじゅう》お察《さっ》しはしていますよ。お察ししていればこそ、こうして十日おきとか、半月おきとかに、ぼつぼつお願いして来たんじゃありませんか。それでおしまいの一枚になって、お預けしたものをお返しくださらんということになれば、私のほうはとにかくとして、第一、旦那の名折《なお》れじゃありませんかね。」

その声色《こわいろ》めいた調子が、ねっとりと仙吉の耳にからみついて行った。仙吉は急にうまい言葉が出て来ないらしく、相手を見つめて、変に口をとがらした。

次郎は、さっきから、まばたきもしないで二人の対話をきいていたが、だしぬけに仙吉に言った。

「仙《せん》さん、さっさとやっちまったらどうだい。」

仙吉は、しかし、何か眼《め》で合《あ》い図《ず》したきり、返事をしなかった。すると、女が次郎のほうを向いて、

「そう、そう。小さい小僧さんのほうがよっぽど物《もの》わかりがいいわ。じゃあ、あんた、すぐお酒を量《はか》ってくださいね。」

と、いかにもおだてるように言って、腰《こし》を浮かした。

「お内儀《かみ》さん――」

と、仙吉は、妙《みょう》に沈《しず》んだ声で、

「それは小僧じゃないんです。こちらの坊《ぼっ》ちゃんで、何もご存じないんですがね。」

「坊ちゃん?」

と、女はちょっといぶかるような顔をしたが、

「坊ちゃんなら、なおいいじゃありませんか。旦那に代《か》わって、ああ言ってくださるんだから。」

「ところが、実はね。お内儀さん――」

と仙吉は、いよいよ沈んだ調子で、

「差しあげようにも、上酒のほうは一斗《いっと》なんてはいっちゃいませんがね。」

女は、ぎろりと眼を光らして、売り場の甕《かめ》から、土間につんだ四斗樽《しとだる》までを一巡《いちじゅん》見まわした。そして、

「空《から》なんですね、あれは。」

と、四斗樽のほうにあごをしゃくった。

「実は、そうなんで。」

女は、立っていって樽《たる》をたたいてみるまでのことはしなかった。さればといって、べつに同情するようなふうもなく、何かしばらく考えていたが、

「上酒が足りなきゃあ、足りない分は悪いほうで我慢《がまん》しますよ。とにかく、今日は、さっぱりしてもらおうじゃありませんか。」

「その悪いほうも、実は――」

仙吉は、そう言って首を垂《た》れた。すると女は、急に居丈高《いたけだか》になって、

「ばかにおしでないよ。なんぼなんでも、一斗《いっと》そこいらの酒がなくて、お店があけておかれますかい。」

とどなりつけた。

次郎は、もうその時には、すっかりふだんの落ちつきを失っていた。彼はいきなり立ちあがり、仙吉に向かって罵《ののし》るように言った。

「酒はあるんじゃないか。裏の納屋《なや》にいくらでもあるんだ。僕とって来てやるよ。」

彼は、仙吉があっけにとられて、まだ返事をしないうちに、もう売り場の横の棚《たな》にふせてあった汲桶《ため》をおろし、それをさげて、いっさんに台所のほうに走って行った。そして、井戸端《いどばた》でそれに水を七分ほども汲《く》むと、それを手のひらで肩《かた》のところにかつぎ、定まらない足をふみしめ、ふみしめ、店に帰って来た。

店では、女が恐《おそ》ろしいけんまくで仙吉に何か食《く》ってかかっているところだった。次郎はしかし、それには頓着《とんちゃく》せず、上酒の甕《かめ》の蓋《ふた》をとって、汲桶《ため》の水をその中にざあざあ流しこんだ。

次郎の顔は、その時、すっかり青ざめていた。彼は、しかし、甕の蓋をかぶせ終わると、いくらか血《ち》の気《け》をとりもどして、女のほうを見た。女は、まだその時まで、仙吉を罵りやめないでいたが、次郎が自分のほうを見ているのに気づくと、急ににっこりして、

「坊ちゃん、どうもご苦労さま。おかげでこの人にばかにされないですみましたよ。……じゃあ、量《はか》ってもらいましょうかね。今日はいれものを拝借《はいしゃく》するのもどうかと思って、私のほうで持参しましたよ。」

と、いったん表のほうに出て、だれかを手招《てまね》きした、すると、まもなく、襟《えり》に春月亭《しゅんげつてい》と染めぬいてある法被《はっぴ》を着た男が、リヤカーにたくさんの空罎《あきびん》をのせてやって来た。

次郎はその空罎が売り場に並《なら》べられると、甕の栓《せん》をひねって、片っぱしから、それに酒をつめて行った。彼の手はいくぶんふるえていた。ただでさえまだ不慣《ふな》れな手だったので、枡《ます》からこぼれる酒がやけにあたりに散らばった。

「もったいないわね。」

女は、そばに立って、次郎の手つきを見ながら、何度《なんど》もそうつぶやいた。また、

「いやに色がうすいようだね。色だけは灘酒《なだ》みたいじゃないの。」

とも言った。次郎は、しかし、一言《ひとこと》も口をきかなかった。そして、量《はか》り終わって、女の手から預かり証を受け取ると、それをその場でずたずたに裂《さ》いた。彼の眼には久方《ひさかた》ぶりで涙《なみだ》がにじんでいたのである。

「まあ、この坊ちゃん、こわいこと。でも、あんたのお陰《かげ》ですっかり用がすみましたわ。もうこの婆《ばあ》さんも二度とはおうかがいしませんから、安心してくださいね。さようなら。」

女は、それから仙吉のほうを見て、

「あんたにも、用さえすめば文句なしだ。ほほほ。旦那にもよろしくね。」

仙吉は、その時まで、すっかり肚胆《どぎも》をぬかれたような格好《かっこう》で、店の上《あ》がり框《がまち》に突っ立ち、次郎のほうをぽかんと眺《なが》めていたが、女にそう言われると、まるでからくり人形のように、ぴょこり頭をさげた。

次郎は、女が店を出るとすぐ、なるほど学校の通り道に春月亭という料理屋があり、今のはその門口《かどぐち》あたりでよく見かける女だった、ということに気がついたのである。

一二　天神《てんじん》の杜《もり》

さて、さっきから、簾戸一重《すだれどひとえ》へだてた茶《ちゃ》の間《ま》にすわりこんで、聞き耳をたてていたお祖母《ばあ》さんに、店の話し声が逐一《ちくいち》聞こえていないはずはなかった。お祖母さんは、事《こと》の成《な》り行《ゆ》きしだいでは、自分で店に出て行って、春月亭《しゅんげつてい》のお内儀《かみ》と一太刀《ひとたち》交《まじ》える肚《はら》になり、半《なか》ば腰《こし》を浮《う》かしてさえいたのである。ところが、次郎がだしぬけに「酒はいくらでもあるんだ」と叫《さけ》んで、汲桶《ため》をさげて井戸端《いどばた》のほうに走って行ったのを見ると、さすがにちょっと驚《おどろ》いたふうでもあったが、そのまま腰を落ちつけてしまい、それからは、横目でじろじろ店のほうを睨《にら》んだり、何かひとりでうなずいたりするだけだった。そして、春月亭のお内儀がいよいよ店を出て行ったのがわかると、いかにも皮肉《ひにく》な笑いをうかべて、仕切りの簾戸をあけ、

「次郎うまくやったね。いい気味《きみ》だったよ。」

と、何度《なんど》も二人にうなずいて見せた。仙吉《せんきち》が、

「しかし、このままではおさまりますまい。かえって藪蛇《やぶへび》になるかもしれませんぜ。」

と、心配そうに言うと、

「そんな気の弱いことでどうするんだね。渡《わた》したものに、まるで酒の気がないというのではあるまいし、文句《もんく》を言って来たら、こちらの上酒はそんなのでございますって答えてやるまでさ。ねえ、次郎。」

と、仙吉をたしなめる一方、いかにもそれが次郎の最初からの肚《はら》だったと言わぬばかりの調子だった。

次郎は、その時までまだ土間《どま》に突《つ》っ立《た》ったまま、春月亭のお内儀《かみ》が去った表通りを睨《にら》んでいたが、お祖母《ばあ》さんにそう言われると、急にこれまでの興奮《こうふん》からさめてしまった。彼の耳には、お祖母さんの言葉がたまらなく下劣《げれつ》にきこえ、その下劣さが、そのまま自分の行為の下劣さを説明しているということに気がついて、ひやりとするものを感じたのである。

彼は、何かに驚いたようにお祖母さんの顔を見上げた。それから、そろそろと視線を売り場の酒甕《さかがめ》のほうに転じたが、その眼《め》はしだいに冷たい悲しげな光を帯び、最後に、さっき自分がひねった栓口《せんくち》に釘付《くぎづ》けにされたまま、人形の眼のように動かなくなってしまった。

「次郎は、そりゃあ、小さい時から頭の働く子でね。それに、だいいち思いきりがいいんだよ。仙吉も、こんな時には、少し見習ったらどうだえ。」

　お祖母さんは、次郎の気持ちにはまるで無頓着《むとんちゃく》らしく、仙吉にそう言うと、すっと頭をひっこめて簾戸《すだれど》をしめた。

　次郎の眼は、その瞬間《しゅんかん》、稲妻《いなずま》のように動いてお祖母さんのうしろ姿《すがた》を追ったが、そのあと、また栓口に釘付けにされてしまい、暑いさかりの土間の空気に、ぴんと氷のように冷たい線を張った。

　彼の動かない眼にひきかえ、彼の頭の中には、たえがたい羞恥《しゅうち》の感情が旋風《せんぷう》のように渦巻《うずま》いていた。その旋風の中を、朝倉《あさくら》先生夫妻をはじめ、白鳥会で彼が尊敬《そんけい》している生徒たちの顔が、つぎつぎに流れていた。大沢《おおさわ》や恭一《きょういち》の顔も、むろんその中にあった。しかし、どの顔よりも彼の心を惑乱《わくらん》させたのは、父俊亮《しゅんすけ》の顔だった。俊亮の顔が浮かんで来たのは、時間からいうとずっと後のことだったが、それはたちまちのうちに他の顔を押《お》しのけ、悲痛なまなざしをもって彼にせまって来るのだった。

（自分は、さっき自分のやったことで、自分自身を辱《はず》かしめただけでなく、父《とう》さんをも辱かしめていたのだ。いや、父さんこそはだれよりも大きな辱かしめをうけた人だったのだ。）

　彼の心は、そう気がつくと今までとはちがった意味でうずきはじめた。先生や友人に対する自分のめんぼく、そんなものは、自分が父に与《あた》えた恥辱《ちじょく》にくらべると物《もの》の数《かず》ではなかった。春月亭のお内儀《かみ》のまえに手をついて、陳弁《ちんべん》し謝罪《しゃざい》しなければならない父、――思っただけで、彼は身ぶるいした。

「次郎さん、こうなったからには、もう、お祖母《ばあ》さんのおっしゃるように、押しづよく出るより手はありませんよ。……しかし、旦那《だんな》が帰っておいでたら、何とおっしゃいますかね。」

さっきから、店のあがり框《がまち》に腰《こし》かけて、首をふったり、額《ひたい》を掌《てのひら》で叩《たた》いたりして考えこんでいた仙吉は、いかにもなげやった調子で、そう言いながら、ひょいと立ちあがって、売り場のほうに歩いて行った。そして、酒甕《さかがめ》と酒甕との間にさしこんであった物尺《ものさし》をとって上酒のほうの甕に突きこみ、中身の分量をはかっていたが、

「あと二升《しょう》あまりはいっていますが、これはこのままじゃあ、下酒のほうにもまわせませんね。かといって、新しい樽《たる》がはいるまでには腐《くさ》ってしまいましょうし、……いっそ捨ててしまいましょうか。」

次郎は、しかし、それに受け答えする余裕《よゆう》もなかった。彼は妙《みょう》に気ちがいじみた眼を仙吉になげたあと、がくりと首をたれた。それから、よろけるような足どりで、ふらふらと表通りに出て行った。

彼の足は、ひとりでに町はずれのほうに向かっていた。旧藩時代《きゅうはん》、城下の第一防禦線《ぼうぎょせん》をなしていた、幅《はば》七、八間《けん》の川に擬宝珠《ぎぼしゅ》のついた古風な橋がかかっており、その向こうは一面の青田である。次郎は、橋のたもとまで来て、青田の中をまっすぐに貫《つらぬ》いている国道の乾《かわ》き切《き》った色を、まぶしそうに眺《なが》めていたが、そのまま橋を渡らないで、川沿いに道を左にとった。二丁《ちょう》ほど行くと、樟《くす》の大木に囲まれた天神《てんじん》の杜《やしろ》がある。彼はその境《けい》内《だい》にはいったが、社殿《しゃでん》にはぬかずこうともせず、日陰《ひかげ》を二、三間《けん》あるいては立ちどまり、また二、三間あるいては立ちどまりした。そのうちに、ふと何か思いついたように、本《ほん》殿《でん》のうしろの、境内でも最も大きい樟の木に向かってまっすぐに歩きだした。

この大樟の根元《ねもと》は、らくに蓆《むしろ》一枚ぐらい敷《し》けるほどの楕円形《だえんけい》な空洞《くうどう》になっている。近所の子供たちが、その中で、ままごと遊びなどをしているのを、彼はこれまでによく見かけていたのである。のぞいて見ると、いくぶんしめっぽそうに見えたが、十分ふみならされた枯《か》れ葉《は》が、ぴったり重なりあって、つやつや光っていた。彼は、その中にはいり、すぐごろりと仰向《あおむ》きにねころんで、両掌《りょうて》を枕《まくら》にした。

内部の朽《く》ちた木膚《きはだ》が不規則な円錐形《えんすいけい》をなして、すぐ顔の上におおいかぶさっている。下のほうは、すれて滑《なめ》らかなつやさえ出ているが、上に行くにしたがって、きめが粗《あら》く、さわったらぼろぼろとくずれそうに思える。円錐形の頂上にあたるところは渦巻くようにねじれていて、その奥《おく》から、闇《やみ》が大きな蜘蛛《くも》の足のように影《かげ》をなげている。次郎の眼が、そうした光景《こうけい》を観察したのも、しかし、ほんの一瞬《いっしゅん》だった。彼は、ねころぶとすぐ、ふかいため息をついて瞼《まぶた》をとじた。そして、心のうずきが、びくびくと眉根《まゆね》を伝わって来るのをじっとがまんした。

「次郎は、そりゃあ、小さい時から頭の働く子でね。それに、だいいち、思いきりがいいんだよ。」

お祖母《ばあ》さんがさっき言ったそんな言葉が、そのうちに、彼の記憶《きおく》を否応《いやおう》なしに遠い過去にねじ向けて行った。今の彼にとっては、そんな言葉にふさわしい彼の過去は、思い出しても身の縮《ちぢ》むようなことばかりだった。とりわけ、お祖母さんが大事にかくしていた羊羹《ようかん》の折《お》り箱《ばこ》を盗《ぬす》みだして、下駄《げた》でふみにじった時の記憶が、膚寒《はださむ》いほどの思いでよみがえって来た。彼は、もう仰向《あおむ》けにねていることさえできず、空洞の奥のほうに、横向きに身をちぢめ、頭を膝《ひざ》にくっつけるほどに抱《かか》えこんだ。

しんとした境内に、いつから鳴きだしたのか、じいじいと蟬《せみ》の声がきこえていたが、それが彼の耳には、いやな耳鳴りのように思えた。

彼は、とうとう日が暮《く》れるころまでそこを動かなかった。しかし、猛烈《もうれつ》な蚊《か》の襲来《しゅうらい》には、さすがにいたたまれず、全身をかきむしりながら、やっとそこを出て、またあたりをぶらつきだした。見ると、拝殿《はいでん》の近くには、涼《すず》みがてらの参詣者《さんけいしゃ》らしい浴衣《ゆかた》がけの人が、ちらほら動いている。おりおり鈴《すず》の音もきこえて来た。彼は、なぜということもなしに、自分も鈴を鳴らしてみたい気になり、石灯籠《いしどうろう》の近くから参道の石畳《いしだたみ》をふんで、拝殿のまえに進んだ。

拝殿は、もう真暗《まっくら》だった。奥の本殿からうすぼんやりと光が流れて、眼のまえの賽銭《さいせん》箱《ばこ》のふちをあるかなきかに浮かしている。次郎はじっとそれに眼をこらした。そのうちに、なぜか涙《なみだ》がひとりでにこみあげて来た。それは、しかし、悔悟《かいご》の涙といえるようなきびしい涙ではなかった。むしろ、乳母《うば》のお浜《はま》や、亡《な》くなった母やの思い出にもつながっている、人なつかしい、甘《あま》い涙といったほうが適当だったのである。彼は、ついさっきまで、胸いっぱい、乾き切った栗《くり》のいがでもつめこんでいるような気持ちでいたのだが、その涙と同時に、何かしら、胸のうちがあたたかく濡《ぬ》れて行くような感じになって来たのだった。

彼は涙をふいて、もう一度本殿のほうにじっと瞳《ひとみ》をこらした。それから静かに鈴をふり、柏手《かしわで》をして、つつましく頭をたれた。その瞬間《しゅんかん》、どうしたわけか、ふと、はっきり彼の眼に浮かんで来た人の顔があった。それは宝鏡先生の顔だった。巨大《きょだい》なおどおどしたその顔が、次郎には、今はふしぎになつかしまれた。生徒の見送りをさけて、というよりは、見送る生徒が皆無《かいむ》でありはしないかを恐《おそ》れて、こっそり駅をたったであろう先生の寂《さび》しい心が、何かしみじみとした気持ちに彼をさそいこむのだった。

参拝《さんぱい》を終えて参道を鳥居《とりい》のほうに歩きながら、彼は、ふと、人間の弱さということを考えた。それは、彼がこれまでに、まるで考えたことのない問題ではなかった。しかし、この時ほど真実味《しんじつみ》をもって彼の胸をうったこともなかったのである。これまでに彼が考えて来た人間の弱さというのは、普通《ふつう》にいわゆる意志薄弱《いしはくじゃく》とか、臆病《おくびょう》とかいったような意味以上のものではなかった。したがって彼は、自分をさほどに弱い人間だとは思っていず、たとえば白鳥会などで、自分が自分にとらわれていることに気がついたり、自分を制しきれないでつい荒《あら》っぽい言動に出たりしても、それを自分が弱いせいだとは、少しも考えていなかったのである。彼は、弱い人間の標本として、よく宝鏡先生を思いうかべていた。そのために、あとでは、かえってある意味で先生に心をひかれるようにさえなったくらいなのである。しかし、今の彼の気持ちは、まったくべつだった。

（人間は弱い。宝鏡先生も弱いが、自分もそれに劣《おと》らず弱い。もともと強い人間なんて、この世の中には一人もいないのではないか。かりに強い人間がいるとしても、それはその人間が強いのではなくて、何かもっと大きな力がその奥に働いているからにちがいない。）

彼の考えは、いつのまにか神というものにぶっつかっていた。それは、彼がたった今拝《おが》んだ天神様《てんじんさま》とは限らない、眼に見えぬ秘密な力だった。むろん、それが彼の胸深く信仰《しんこう》という形をとるまでには、まだ非常に距離《きょり》があるらしかった。しかし、それは決して概念《がいねん》の戯《たわむ》れではなかった。彼は少なくとも真に彼自身の弱さを知り、心からへり下《くだ》りたい気持ちになっていたのである。それは、彼が中学に入学してまもないころ、「人に愛される喜び」から「人を愛する喜び」への転機において経験したものよりも、はるかに純粋《じゅんすい》な経験だった。前の経験では、それが彼の健気《けなげ》な道心《どうしん》の発露《はつろ》であったとはいえ、その中にはまだ作為《さくい》の跡《あと》があり、自負《じふ》や功名心《こうみょうしん》がいくぶん手伝っていなかったとはいえなかった。今の次郎には、そうしたまじり気《け》は少しもなかった。彼はただひしひしと自分の弱さを感じていた。そして宝鏡先生は、もはや一段高い立場から同情される人ではなくて、同じ弱い人間として、心から親しんで行きたい人になっていたのである。そこには、もう、「愛されたい」とか「愛したい」とかいうような、自分自身を価値づけた立場は少しも残されていなかった。あるものはただ大いなるものにへり下る心だけであり、そのへり下る心から、宝鏡先生のような弱い心の人が、悲しいまでに彼に親しまれて来たのである。

この純粋な気持ちは、彼の胸をふしぎに爽《さわ》やかにした。同時に彼は、一刻《いっこく》も早く父のまえに身をなげ出して謝《あやま》りたい気持ちになった。その気持ちには、もう何のはからいもなかったのである。

（そうだ。父《とう》さんは、もうとうに帰って来ておいでだろう。ぐずぐずしてはおれない。）

彼は、急いで鳥居をくぐり、ふたたび川沿いの道に出たが、向こう岸の暗い青田から水を渡って吹《ふ》いて来る風は、彼の額《ひたい》に涼しかった。彼は、いくぶんはずむような足どりで家に急いだ。

一三　日《ひ》よけ

帰ってみると、俊亮《しゅんすけ》は黙然《もくねん》として茶《ちゃ》の間《ま》にすわっていた。二、三冊《さつ》の帳簿《ちょうぼ》をまえにひろげ、団扇《うちわ》も使わないで、じっと何か考えているふうだったが、次郎を見ると、すぐ台所のほうを向いて言った。

「お芳《よし》、次郎が帰って来たよ。」

台所では、お芳がもう食事のあと片づけをしているところだったが、

「あら、そう。……次郎ちゃん、ひもじかったでしょう。どこへ行ってたの。」

次郎は、二人の言葉から、自分のいなかった間の家の様子《ようす》を直感して、うれしいような悲しいような気持ちになった。彼《かれ》は、しかし、すぐ台所に行く気にはなれず、そのまま俊亮のまえにかしこまって首をたれた。

「次郎ちゃん、ご飯《はん》は？」

お芳が台所から声をかけた。

「あとでいいです。」

次郎は首をたれたまま答えた。

「どうしたんだ。早くたべたらどうだ。」

俊亮は、そう言って、ひろげていた帳簿をばたばたとたたんだが、すぐ団扇《うちわ》をもって座敷《ざしき》のほうに立って行った。

次郎は、ひとり取り残されて、もじもじしながら、台所のほうを見た。するとお芳が妙《みょう》に意味ありげな眼《め》つきをしてうなずいて見せたので、思いきって、ちゃぶ台のそばにすわることにした。

「お祖母《ばあ》さんは？」

次郎は、お芳に飯を盛《も》ってもらいながら、たずねた。

「さっき、次郎ちゃんを捜《さが》して来るって、俊《しゅん》ちゃんと二人でお出かけになったんだよ。たぶん橋のほうだと思うけれど。……次郎ちゃんは、どちらからお帰り？」

「僕《ぼく》、橋のほうから帰って来たんです。天神様《てんじんさま》にいたんですけれど。」

「じゃあ、お祖母《ばあ》さんは橋を渡《わた》って向こうにいらしったのかもしれないわ。」

それからしばらく、どちらからも口をきかなかった。次郎は、たべかけた飯椀《めしわん》を急に下に置き、箸《はし》を持った手を膝《ひざ》にのせ、何か思案《しあん》していたが、

「僕、今日《きょう》はお父《とう》さんにすまないことをしちまったんです。」

「ええ……。」

と、お芳は、あいまいな返事をしたが、しばらく間《ま》をおいて、

「実はお父さんも、仙吉《せんきち》にその話をおききになって、そりゃあびっくりなすったの。それに、お祖母さんが、今日はめずらしく次郎ちゃんの肩《かた》をもって、かえってお父さんが気がきかないようにおっしゃるものだから、よけいいけなかったわ。お父さんは、そんなことをいいことのように次郎ちゃんに思わせるのが恐《おそ》ろしいことだとおっしゃってね。あたし、今日は、ほんとにどうなることかと思ったわ。お父さんが、あんなに真青《まっさお》な顔をしてお祖母さんと言いあいをなさるなんて、まったくはじめてですものね。でも、もうだいじょうぶだわ。お祖母さんも、あとでは、自分が悪かったって、折れていらっ

したようだから。」

次郎は、じっと考えこんだ。それから、思い出したように飯をかきこみ、すぐ茶にしたが、

「しかし、春月亭《しゅんげつてい》は、まだあれっきりでしょう。」

「ええ、でも、そのほうはお父さんがご自分で何とかなさるおつもりらしいわ。ひょっとしたら、今夜《こんや》にでもお出かけになるんじゃないかしら。」

次郎は、また考えこんだ。すると、お芳はめずらしく感情のこもった声で、

「次郎ちゃんは、もうちっとも心配することないわ。お父さんは、こんなことになるのも、まったく自分が悪いからだっておっしゃっているんだから。」

次郎の小鼻《こばな》がぴくぴくと動き、ちゃぶ台のふちに、大きな涙《なみだ》がはねた。それから、しばらくして、

「僕……僕……」

と、どもるように言って立ちあがったが、両腕《りょううで》で眼《め》をこすり、こすり、座敷に走りこんで行った。

俊亮は、その時、柱にもたれて向こうむきにすわり、しずかに団扇《うちわ》をつかっていたが、次郎が、自分の横にくずれるようにすわったのを見ると、少し体をねじ向けて、いかに

も落ちついた声で言った。

「泣くことはない。自分でいいことをしたとさえ思っていなけりゃ、それでいいんだ。」

次郎は、しかし、そう言われると、いよいよ涙がとまらなかった。彼は、何か言おうとしては、しゃくりあげ、縁板《えんいた》に突《つ》っぱった両手をかわるがわるあげては、眼をこするだけだった。

「父《とう》さんは、お前があんなことをして得意《とくい》になってやしないかと、それだけが心配だったんだよ。しかし、どっかに出ていったきり、いつまでも帰って来ないというので、そうでなかったことがわかって、実は、ほっとしていたところなんだ。お前も子供のころとはだいぶちがって来たようだね。」

俊亮は、そう言って、さびしく微笑《びしょう》した。それからちょっと考えたあと、

「父さんも、しかし、今日はいろいろ考えたよ。考えているうちに、世の中というものは、自分だけが貧乏《びんぼう》に負けなけりゃあ、それでいいというものではない、ということがよくわかった。それに、もう一つ、――これはもっと大事なことだが、――父さんには、これまで非常に弱いところが一つあったということに気がついたんだ。それは、他人に対する義理人情《ぎりにんじょう》にばかり気をとられて、かんじんの自分の親子に対する義理人情を

忘れていたということだ。」

「父さん！」

と、次郎はしぼるような声で叫《さけ》んで、涙にぬれた顔をあげた。

「いや、忘れていたと言っちゃあ、言いすぎるかもしれん。実際忘れちゃいなかったんだからね。しかし、忘れたような顔はたしかにしていた。忘れたような顔をしていりゃあ、みんな自分と同じようにのんきになってくれるだろうぐらいの考えが、どっかにあったんだ。今から考えると、それがいけなかった。それが私の間違《まちが》いだった。自分では強いつもりで、実はそれが私の非常に弱いところだったんだ。」

俊亮がそんな調子でものを言うのは珍《めずら》しかった。次郎は、いくぶんかわきかけた眼を見張って、俊亮を見つめた。

「しかし、今日からは父さんも考え直す。考え直してみたところで、貧乏が急にどうにもなるものではないが、これまでのように、お前たちの苦労を忘れているような顔はしないつもりだ。日《ひ》よけの必要のある草木には、やはり日よけをしてやるほうがいいんだからね。」

次郎は、何か痛いものを胸に感じて、思わず首をたれた。

彼は、しかし、それよりも、さっきからの俊亮の言葉に、ある不安を感じ、それを問いただしてみたくなっていた。不安というのは、父が他人のことよりも家族のことをたいせつに思ってくれるのはいいとして、それを実際の態度にどうあらわして行くだろうかということだった。次郎の頭には、さしあたって春月亭の問題がひっかかっていたのである。

（まさかとは思うが、父《とう》さんは悪いと知りつつ、あれをあのままにしておくつもりではなかろうか。もしそうだとすると、父さんは自分がこれまで尊敬《そんけい》して来た父さんではなくなってしまうのだ。）

そう思って、多少だしぬけだったが、彼は思いきってたずねた。

「父さん、春月亭のほうはどうしたらいいんでしょう。」

「春月亭か。そりゃあ、私がいいようにするよ。」

「いいようにって？」

「そんなことは、もうお前が心配せんでもいい。お前は、なるだけ早く日よけのいらない人間になる工夫《くふう》をすることだよ。」

俊亮は笑って答えた。次郎は、しかし、やはり不安だった。

「僕、あやまりに行って来ようかと思ってます。」

「お前が？　春月亭に？　春月亭は料理屋だよ。」

「料理屋にだって、あやまりに行くんならいいでしょう。僕、向こうから来ないうちがいいと思うんです。」

「うむ……。」

と、俊亮は、穴《あな》のあくほど次郎の顔を見つめていたが、

「次郎、お前はほんとうに心からそう思っているのか。」

次郎は、そう念《ねん》を押《お》されて、ちょっとたじろいだふうだったが、少し眼《め》を伏《ふ》せて、

「僕、あやまらなきゃならないと思っているんです。春月亭も悪いんですが、僕のやったことも悪いんです。あんなこと卑怯《ひきょう》です。卑怯なことをして知らん顔をするのは、なお卑怯です。」

「うむ、その通りだ。お前もそこまで考えるようになれば、もう日よけもいらんよ。じゃあ行って来るか。」

「ええ、行って来ます。」

次郎は、父の本心がわかったうえに、ほめてまでもらったので、初陣《ういじん》にでも臨《のぞ》むような、わくわくする気持ちで立ちあがりかけた。俊亮は、しかし、彼を手で制《せい》しながら、

「まあ、まて。そう急いで行かなくてもいい。さっき仙吉《せんきち》をやって、あの酒はそのまま使わないでおいてもらうように頼《たの》んであるんだから。実は、あすの朝、向こうの忙《いそが》し

くない時に、私が行ってあやまるつもりでいたんだ。」

「僕は、父《とう》さんにあやまってもらいたくないんです。」

「どうして?」

「悪かったのは僕です。それに、父さんが、あんな女に――」

次郎はうつむいて言葉をとぎらした。俊亮も、むろん、すぐ次郎の気持ちを察《さっ》して、
ちょっとしんみりしたが、わざと、とぼけたように、

「あんな女って、お内儀《かみ》だろう。父さんがあの人にあやまってはいけないのかい。」

「だって――」

次郎は適当な言葉が見つからなかった。俊亮は、しばらく答えをまつように次郎の顔を見ていたが、

「次郎。」

と、あまり高くはない、しかし、おさえつけるような声で、言った。

「自分に落度《おちど》があったら、相手がだれであろうと、あやまるのが道だ。相手次第《しだい》で、あやまったり、あやまらなかったりするようでは、まだほんとうに自分の非《ひ》を知っているとはいえない。そりゃあ、お前が父さんにあやまらせたくない気持ちは、よくわかる。だが、あんな女だからあやまらせたくないというんだと、少し変だぞ。」

次郎は、俊亮の言った意味はよくわかった。しかし、春月亭のお内儀《かみ》に父を謝罪《しゃざい》させる気にはまだどうしてもなれなかった。

「でも――」

と、彼は少し口をとがらして、

「父さんには、ちっとも悪いことないんです。」

「うむ。……しかし、それはお前の考えることだ。むろん、お前はそう考えていてもいい。だが、店のことは何もかも私の責任だからね。」

「だって、あれは肥田《ひだ》がつかった金の代《か》わりだっていうんじゃありませんか。」

「肥田は私の番頭《ばんとう》だったんだ。それは、お前が私の息子《むすこ》であるのと同じさ。」

次郎の感情は戸惑《とまど》いした。彼は、父のそんな言葉に、父らしい父を見いだして、いつも頭がさがり、そのためにいっそう懐《なつ》かしくも思うのだったが、春月亭のお内儀にあやまらせたくない気持ちをそれで引っこめてしまう気にはなれなかったのである。

俊亮は、次郎のまごついている顔を見て微笑《びしょう》した。それから庭下駄《にわげた》をつっかけて、狭《せま》い庭を二、三度行きかえりしていたが、

「次郎には、やはりまだ当分《とうぶん》日よけの必要があるようだ。お前ひとりで春月亭に行くのは、ちょっとあぶないね。あすは父さんと二人であやまりに行こう。」

次郎は、もう何も言うことができなかった。

その晩《ばん》、床《とこ》についてから、次郎の頭に浮《う》かんで来たのは、やはり、例の「無計画の計画」という言葉だった。そして「運命」と「愛」と「永遠」とは、この言葉の意味の生《せい》長《ちょう》とともに、そろそろと彼の心の中で接近しつつあったかのようであった。

一四　幻《げん》滅《めつ》

翌日、俊亮《しゅんすけ》と次郎とが春月亭《しゅんげつてい》をたずねたのは午前十時ごろだった。白い襦袢《じゅばん》と赤い湯巻《ゆまき》だけを身につけて、玄関《げんかん》で拭《ふ》き掃除《そうじ》をしている女がいたので、俊亮がお内儀《かみ》さんに取りつぐように頼《たの》むと、女は、中学の制服をつけた次郎をけげんそうに見ながら、

「お内儀さんにご用でしたら、帳場《ちょうば》のほうにおまわりくださいね。」

と、いやに「ね」に力をいれ、ここはお前さんたちの出はいりするところではありませんよ、と言わぬばかりの冷たい調子でこたえ、そのまま雑巾《ぞうきん》をバケツの中でざぶざぶ洗いだした。

俊亮が、当惑《とうわく》したような顔をして、

「帳場のほうは、どこからはいるんかね。」

と、玄関の横の格子窓《こうしまど》に眼《め》をやりながら、たずねると、

「門を出て左っ側ですよ。」

と、女はもう雑巾を廊下《ろうか》にひろげて、四つんばいになっていた。

俊亮は、苦笑《くしょう》しながら、門を出た。次郎もそのあとについて行ったが、何かを蹴《け》とばしたいような、それでいて心細いような気持ちだった。

帳場の入り口は、路地《ろじ》をちょっと曲がったところにあった。戸は開けっ放しになっていたが、中にはいると、なまぐさい匂《にお》いがむっと鼻をついた。

森閑《しんかん》としてどこにも人気《ひとけ》がない。蠅《はえ》が一《ひと》しきり大鍋《おおなべ》の上にまいたったが、またすぐ静かになった。

「ごめん！」

俊亮が、奥《おく》のほうに向かって大声でどなると、

「だあれ。」

と、少し甘《あま》ったるい声がして、十四、五の女の子が、これも白い襦袢《じゅばん》と赤い湯巻だけで出て来た。頸《くび》から上に濃《こ》く白粉《おしろい》をぬったのが、まだらにはげている。次郎は、ひとり

でに顔をそむけてしまった。

「お内儀《かみ》さんは？ ――いるのかい。」

「ええ、――でも、今、ねているの。」

「本田《ほんだ》が来たって言っておくれ。」

「本田さん？」

「そう、酒屋の本田って言えば、わかるよ。」

「ああ、あの酒屋さん――」

女の子は急にとんきょうな声を出して、二人を見くらべていたが、最後に、次郎を尻《しり》目《め》にかけるようにして、奥に走りこんだ。

二人がまもなく案内されたのは、帳場からちょっと廊下をあるいた、茶《ちゃ》の間《ま》とも座《ざ》敷《しき》ともつかない部屋《へや》だった。

「いらっしゃいまし。」

お内儀さんは、変にかしこまった調子で二人を迎《むか》えた。浴衣《ゆかた》に伊達《だて》巻《まき》をしめたまま、畳《たたみ》のうえに横になっていたものらしく、朱塗《しゅぬ》りの木枕《きまくら》だけが、部屋の隅《すみ》っこに押《お》しやってある。

「せっかくおやすみのところをお邪魔《じゃま》でした。」

俊亮も、いくぶん切り口上《こうじょう》で言って、敷《し》かれていた座蒲団《ざぶとん》の上にすわった。次郎は座蒲団を前にしてすわっている。

「坊《ぼっ》ちゃんもお敷きなさいまし、どうぞ。」

と、お内儀《かみ》さんは、いよいよ冷たいていねいさである。次郎は、しかし座蒲団をしかなかった。

しばらく沈黙《ちんもく》がつづいたあと、俊亮が口をきった。いかにも無造作《むぞうさ》な調子である。

「昨日は、私の留守中《るすちゅう》、申しわけないことをいたしました。今日《きょう》はそのおわびにあがったんです。」

「それは、わざわざ、どうも。」

お内儀さんは、そう言ったきり、にこりともしない。そのあと相手がどう出るか、それがわかったうえでなければ、迂闊《うかつ》に笑顔《えがお》は見せられない、といった態度である。

「この子も大変後悔《こうかい》していまして、自分でもおわびしたいと言うものですから、いっしょにつれて来ましたようなわけで。」

「それは感心でございますね。今どきの書生《しょせい》さんにはお珍《めずら》しい。」

次郎には、「書生さん」という言葉が聞きなれない言葉だった。彼は、わけもなく、それに侮辱《ぶじょく》を感じたが、あやまる機会を失ってはならない、という気もして、膝《ひざ》の上にのせた両手をもぞもぞ動かしながら、思いきって口をきこうとした。しかし、お内儀《かみ》さんは、次郎のそんな様子《ようす》には無頓着《むとんちゃく》なように、ひょいとうしろ向きになって、茶棚《ちゃだな》の袋《ふくろ》戸《ど》をあけ、中から一本の燗徳利《かんどくり》を出して、それを畳《たたみ》の上に置いた。そしてあらためて俊亮のほうに向きなおったが、その顔にはうす笑いが浮《う》かんでいた。次郎の張りきった気持ちは、それで針《はり》を刺《さ》された風船球《ふうせんだま》のようにしぼんでしまった。

「おわびしたら、どうだ。」

俊亮が微笑《びしょう》をふくんだ眼《め》で次郎を見た。次郎は、しかし、もうつめたい眼をしてお内儀を見ているだけである。すると、お内儀さんは、

「ほっほっほっ。」

と、急に、わざとらしい空《から》っぽな笑い声をたて、

「私は、こんな小《ち》っちゃな坊ちゃんに、何もお芝居《しばい》めいてあやまってもらいたくはありませんよ。それよりか、このお酒のおかげで台なしになった春月亭の暖簾《のれん》を、どうしてくださるおつもりなのか、それがおうかがいしたいんです。」

「あのお酒を、もうおつかいでしたか。」

「つかいましたとも。まさか酒屋さんがつかって悪いお酒をお売りになろうとは思っていませんからね。」

「おつかいにならんように、そう言ってあげたはずですが。」

「私のほうのお客は、日が暮《く》れてからばかりみえるとは限りませんよ。」

「それは、いよいよ、すまないことでした。」

俊亮はそう言って、ちょっと眼を落とした。お内儀《かみ》さんは、「それでどうしてくれるんだ」というような眼つきをして、俊亮をまともに見つめていたが、俊亮が、そのあと、いっこう口をきかないので、たまりかねたように、

「ねえ、本田さん。」

と、燗徳利を自分の膝《ひざ》のまえに引きよせ、

「あたしがこのためにどんな赤恥《あかはじ》をかいたか、ひととおりお耳に入れておきますから、ようくきいておいてくださいよ。昨日《きのう》は、ながが年ごひいきのお客が見えましてね、それも久しぶりのお友達と御夕食をめしあがろうというのですよ。あたし、まだお吸い物も差しあげないうちにお呼びだものですから、何事《なにごと》かと思ってお座敷に出てみますと、そのお客さん、すました顔で私にお杯《さかずき》をくだすって、わざわざご自分でついでくださりながら、おっしゃることが変じゃありませんか。お前もこのごろ少し焼きがまわったようだねって。あたし、何のことだかわからなくって、杯を手にもったままごあいさつに困っていますと、今度《こんど》は、杯はさっさとのんで返すもんだよ、とおっしゃる。そこで、あ

たしがぐっと飲みほしたっていうわけでございますがね。」

俊亮は、しかし、いっこうに驚《おどろ》いたようなふうがない。

「なるほど。」

と、彼は二度ほど軽くうなずいて見せたきりである。お内儀《かみ》さんは、それがぐっと癪《しゃく》にさわったらしく、

「本田さん！」

と、燗徳利《かんどくり》をわしづかみにして膝を乗り出しながら、

「そのお酒というのがこの銚子《ちょうし》のお酒なんですよ。この中にはあんたのお店からいただいたお酒がはいっているんですよ。おわかりでしょうね。」

「ええ、多分そうだろうと思っていました。とんだご災難《さいなん》でしたね。……お気《き》の毒《どく》です。」

俊亮は、まじめくさってそう言ったが、それでお内儀さんのきげんはいよいよ険悪《けんあく》になった。

「あんた、わざわざ、あたしをばかにしにおいでになったんではありますまいね。」

「むろん、そんなことはありません。」

「じゃあ、いったい、災難とか、お気の毒とかですましていられますかね。あたしに

こんな赤恥《あかはじ》をかかしたそもそものおこりは、どなたなんでしょうね。」

「それは、この子がつい間違《まちが》ったことをしでかしたからですよ。それも、もとをただせば店の不始末《ふしまつ》からですがね。それで、実は、二人そろっておわびにあがったわけなんですが……」

次郎は、父はどうして番頭《ばんとう》の肥田《ひだ》のことを言いださないのだろう、肥田のことを言いだせば、お内儀《かみ》はぐうの音も出ないだろうのに、と思った。ところが、次郎の驚いたことには、肥田のことは、あべこべにお内儀のほうから言いだしたのだった。

「ふん、店の不始末だなんて、それで遠まわしに肥田さんのことがおっしゃりたいんでしょう。ようくわかっていますよ。だけど、ねえ、本田さん、もともと肥田さんはこちらからお願いして遊んでいただいたわけではありませんよ。お酒の預かり証なんかで遊んでもらっちゃあ、だいいち、こちらが迷惑《めいわく》しますし、およしになったらいかがですかって、あたし何度《なんど》もにがいことを申しあげたくらいですからね。これだけはご承知《しょうち》願っておきますよ。」

「いや、肥田のやったことは、私のやったことも同然ですから、今さら、そんなことをとやかく言ってみたところでしかたのないことです。それよりか、どうでしょう、すんだことはすんだこととして、この子もせっかくあやまりたいと言っているのですから、いちおうあやまらしてお気持ちをさっぱりなすってくだすっちゃあ。」

「そんなにごていねいにしていただくには及《およ》びませんよ。わるうございましたっていうお言葉だけを、何べん承《うけたまわ》ったところで、それで水が酒になるものでもなし、きずのついた暖簾《のれん》がもとどおりになるものでもありませんからね。それに第一、あたしは泣きおとしの手っていうのが大きらいでございましてね。世間様《せけんさま》には、よくそんな手をおつかいになる方がありますけれど。ほほほ。」

俊亮もさすがにちょっと不愉快《ふゆかい》な顔をしたが、しいて笑いにまぎらして窓のそとを見た。お内儀《かみ》さんは、その様子を、睨《にら》みつけるように見ていたが、

「本田さん――」

と、いやに調子をおとして、

「そうすると、今日はわざわざおいでくだすったのは、それだけのご用だったんですね。」

「ええ、実はこの子が、ひとりであやまりにあがりたいと言ったのですが、それじゃあ私も心細い気がしたもんですから……」

「ふふふ。」

お内儀さんは、鼻の先で笑って、そっぽを向いた。そして長煙管《ながギセル》にたばこをつめて手《て》

荒《あら》にマッチをすり、一服《いっぷく》吸ってぷうっと吹《ふ》き出《だ》したあと、

「そりゃあ、この坊《ぼっ》ちゃんがどうあってもあやまりたいとおっしゃるのを、あたし、むりにおとめはいたしませんよ。それでこの家の根太《ねだ》にまさかひびも入りますまいからね。ご随意《ずいい》にせりふの一つぐらい言ってご覧《らん》になるのも結構《けっこう》でしょうよ。だけど、お芝居《しばい》はお芝居、ほんとうの世間はほんとうの世間と、ちゃんとけじめだけはつけていただきたいものでございますね。」

次郎は、もうさっきから、あやまるどころか、座蒲団《ざぶとん》をつかんでなげつけたいような気になり、何度も父の横顔をのぞいては、その機会をつかもうとしていた。しかし、父が、たまに苦笑するだけでまるで怒《いか》りというものを忘れたような顔をしていたので、そのたびに、彼はふるえる膝《ひざ》を懸命《けんめい》に両手でおさえて、がまんしていたのである。ところが、今度は、もう父の横顔をのぞいて見る余裕《よゆう》さえ彼にはなかった。彼は思わず右手で座蒲団の端《はし》をつかみ、半《なか》ば腰《こし》をうかして唇《くちびる》をふるわせながら、お内儀《かみ》さんをにらんだ。

お内儀さんは、しかし、もうその時に存分《ぞんぶん》に毒づいたあとの小気味《こきみ》よさを見せびらかすかのように、窓のほうを向いて、煙管《キセル》をくわえていた。そして、俊亮が、瞬間《しゅんかん》、次郎のほうに手を突《つ》き出《だ》して彼を制したのさえ、気がついていないかのようであった。

俊亮は、今までとはすっかり調子の変わった、底力《そこぢから》のある声で言った。

「お内儀《かみ》さん、私は、この子に人間の道だけはふませたいと思って、せっかく自分であやまりたいと言うものですから、いっしょにつれて来たんですが、その気持ちがわかってくださらなきゃあ、いたし方《かた》ありません。勘定《かんじょう》ずくの取り引きだけのことなら、何もこの子をつれて来るには及ばなかったんです。いや、私がわざわざ足を運ぶにも及ばなかったんです。あんたのほうから何とかお話があるまで待っていりゃあ、それでよかったはずですからね。とにかく、この子は帰すことにしましょう。……じゃあ、次郎、さきにお帰り。」

「父《とう》さんは、まだいるんですか。」

と、次郎は、喰《く》ってかかるように、少し涙《なみだ》のたまった眼《め》をしばたたきながら、言った。

「ああ、父さんには、もう少し用がある。」

次郎は、しかし、動こうとしない。

「どうしたんだ、さっさとお帰り。」

「僕《ぼく》、父さんといっしょに帰るんです。」

「どうして?……用のないものは、さっさと帰るほうがいいんだ。」

次郎は返事をしないで、じっとお内儀さんのほうを見た。お内儀さんは、何か自分に解《げ》せないものを二人の対話の中に感じて、注意ぶかく二人を見くらべている。

「ぐずぐずしないで、さっさと帰るんだ。」

俊亮が叱《しか》るように言った。

「父さんも、もうここには用はないんでしょう。」

「あるんだ。あると言っているんじゃないか。」

「だって、それは、家で待ってたっていいような用じゃありませんか。」

俊亮は苦笑した。苦笑しながら、ちらっとお内儀《かみ》さんの顔を見ると、お内儀さんはすごい眼をして次郎をねめつけていた。俊亮はすぐ真顔《まがお》になって、

「そんなことをお前が言うものじゃない。お前は父さんが言うとおりに、だまって帰ればいいんだ。世の中は右でなけりゃ、すぐ左というものではないからな。……さあ、お帰り。」

次郎はぷいと立ちあがり、お内儀さんには眼もくれないで、あらあらしく廊下を出て行った。

人気《ひとけ》のない、いやな匂《にお》いのする土間《どま》をとおって外に出ると、道心《どうしん》をふみにじられた憤《いきどお》りと、けがらわしさの感じとが、焼きつくような日光の中で、急に奔騰《ほんとう》するのを覚えた。それは、ゆうべ天神《てんじん》の杜《もり》を出た時のあのしみじみとした気持ちとは、あまりにもへだたりのある気持ちだった。彼は、春月亭《しゅんげつてい》の門の前を通る時にペッと唾《つば》を吐《は》いたが、

お内儀《かみ》の部屋でお茶一杯《いっぱい》ものまされず、からからになっていた口からは、ほとんど何もとび出さなかった。

歩いて行くうちに、白鳥会で上級生たちの口からおりおり聞かされた「幻滅《げんめつ》」という言葉が、ふと頭に浮かんで来た。彼は、その言葉の意味が今はじめてはっきりわかったような気がした。そして大人《おとな》の作っているいわゆる「実社会」というものが、急に自分たちではどうにもならない、ふまじめな世界のように思われて来たのである。

（春月亭のお内儀なんて、特別の人間だ。）

彼は、いちおうそうも思ってみた。しかし、その考えは、なぜか、彼の意識の表面を軽く素通《すどお》りするだけだった。彼の心は、すぐそのあとから、ひとりでにお内儀をとおして「実社会」の姿《すがた》を見ていた。実利のまえには、人間の誠実《せいじつ》をむざんにふみにじって顧《かえり》みない、その冷酷《れいこく》な姿を見ていたのである。

しかも、彼の疑惑《ぎわく》は、――それはさほどに深刻《しんこく》ではなかったかもしれないが、――いつのまにか、父に対してすら向けられていた。彼にとっては、父が彼といっしょに帰らなかったのは、不正と妥協《だきょう》するためだ、とよりほかには考えられなかったのである。

「世の中は、右でなければ、すぐ左というものではないからな。」

父が最後に言ったそんな言葉が、その時彼には思い出されていた。

（幻滅だ、何もかも幻滅だ。）

彼は家に帰りつくと、すぐ二階の自分の机《つくえ》のまえにひっくりかえって、心の中で、何度もそうくりかえした。そして、昨日天神の杜《もり》の樟《くす》の洞穴《ほらあな》の中であれほど苦しんだ自分が、みじめにも腹だたしくも感じられた。この感じは、やがて彼を過去へとさそいこみ、彼自身のながい間の努力の味気《あじけ》なさを感ぜしめた。

いつのまにか、彼の眼には、春月亭のお内儀《かみ》の顔といっしょに、お祖母《ばあ》さんの顔がうかんでいた。そして、その二つの顔をとおして、彼は誠実のとおらない「実社会」の姿を、いよいよはっきり見るような気がしたのである。

（白鳥会が何だ。どうせ人間の誠実なんて、泡《あわ》みたようなものではないか。）

彼は、しまいには、そんな考えにさえなって行くのだった。しかし、彼は、その考えだけは急いで打ち消した。というのは、その考えの奥から、朝倉《あさくら》先生の深く澄《す》んだ眼が、誠実そのもののように彼をのぞいていたからである。

彼は、ふみこんではならない神聖な祭壇《さいだん》に土足《どそく》をかけたような気がして、われ知らずはね起き、きちんと机の前にすわった。と、ちょうどその時、俊亮が帰って来たらしく、すぐ下の店で仙吉《せんきち》と何か話すのがきこえて来た。次郎は耳をそばだてた。

「へえ、そうですか。私なら、せいぜい半金ぐらいでぶちきって来ましたのに。」

「そうも行くまい。どうせあの酒は役にたつまいからね。」

「しかし、向こうじゃ、煮物《にもの》のさし酒ぐらいには役にたてるでしょうよ。」

「そりゃそうかもしれんが、そこまでこまかく考えんでもいいさ。」

「じゃあ、こちらに引きとったらどうでしょう。」

「引きとるって、あの酒をかい。」

「ええ。」

「引きとってどうする。」

「どうするってこともありませんが……」

「こちらで捨てるぐらいなら、向こうで役にたててもらったほうがいいよ。」

「でも、それじゃあ癪《しゃく》ですねえ。」

「ふっふっふっ、そんなけちな腹《はら》はたてんほうがいい。次郎に、世の中にはあんな人間もいるっていうことを教えてもらったと思やあ、ありがたいくらいなもんだよ。」

次郎は、はっとしたように、首をもたげた。

「で、どうでした。やっぱり次郎さんがあやまりなすったんですか。」

「あやまろうにも向こうがてんで相手にしないんだ。芝居だっていうんだよ。もっとも、最初にこちらの肚《はら》を話してやりゃあ、お内儀《かみ》も安心して、あいそよく次郎を相手にしてくれたかもしれないがね。しかし、それで次郎をごまかしてしまっちゃあ、せっかくのあいつの真心《まごころ》が恥《はじ》をかくよ。」

「なあるほど。しかし、次郎さんがあやまらなくてすんだのはよかったですね。実際、あんな奴《やつ》にあやまるのは、もったいないですよ。」

「はっはっはっ。まあ、しかし、とにかくこれですんだんだ。ついでに店も、ここいらでおしまいにしようかね。お前にいつまでもいやな苦労をかけてもすまないし。」

「店を？……そうですか。」

と、仙吉の声は、急に低くなった。

「いずれしまうからには、一日も早いほうがいい。仕入れのほうも一つ二つ話をかけていたところだが、今日《きょう》にも断っておこう。店のほうは、ご苦労ついでに、お前の手でしめくくりをつけてみてくれ。どうせたいしたこともあるまいが。」

「承知《しょうち》しました。」

「じゃあ、私は、この足で一、二相談したいところをまわってくるから、頼むよ。」

そう言って、俊亮は表のほうに行きかけたらしかったが、

「うちの者には、私から話すから、そのつもりでね。それから、次郎はどうした、帰って来たのかね。」

「ええ、二階においででしょう。」

「そうか。……じゃあ、行って来る。」

次郎は、その時、父のあとを追いかけて、何ということなしにわびたい気持だった。さっき父を疑ってみた気持などもうどこにも残っていなかった。そして、自分はやっぱり素直《すなお》でない、素直でない頭で、物《もの》ごとをひねりまわして考えすぎるんだ、という気がした。

だが、それにもかかわらず、彼が「実社会」というものに対してさっき抱《いだ》いた感じは、まだ決して消えていなかった。「幻滅」という言葉の意味も、やはりある力をもって彼にせまっていた。ただ、彼には、もういくらかの心のゆとりが出ていた。春月亭の門のまえで、唾を吐いた時の、あの興奮《こうふん》した気持ちが、今は、幾日《いくにち》かまえのことのように省《かえり》みられるのだった。そして、そのゆとりのある気持ちが、彼に、例の「無計画の計画」という言葉を、ひとりでに思い起こさせた。

（やっぱり、これも無計画の計画の一つではないだろうか。）

彼は、今日の事件を、いろいろとその言葉に結びつけて考えてみようとした。しかし、彼の頭ではどう考えても、それがうまく結びつかなかった。無計画の計画どころか、あべこべに、せっかくの計画が無計画の結果に終わったとしか考えられなかったのである。

こうして、彼の考えのいつものよりどころであったこの言葉も、彼の幻滅感をやわらげ、実社会に対する彼の疑惑《ぎわく》を消し去るには、何の役にもたたず、かえって、そんな言葉をよりどころにしていた自分に、ある不安を感ずるような結果にさえなって行くのだった。

彼は、父が家にいないのを、これまでになく寂《さび》しく感じた。父と今日のことをもっと語りあってみたら、きっとこんないやな思いから救ってもらえるだろう、という気がしてならなかったのである。そして、机のまえにすわったまま、昼飯時になってお芳《よし》に階下から呼ばれても、なかなかおりて行こうとしなかった。

しかし、しぶしぶお膳《ぜん》について飯をかきこんでいるうちに、彼は、ふと朝倉先生をたずねてみようという気になり、箸《はし》をおろすと大急ぎでそとにとびだした。

一五　鑿《のみ》

次郎が、朝倉《あさくら》先生の玄関《げんかん》の前に立つと、すっかり建具《たてぐ》をはずして見とおしになっている茶《ちゃ》の間《ま》から、奥《おく》さんが小走《こばし》りに出て来て、

「あら本田《ほんだ》さん、お珍《めずら》しいわね。お休みになってから、ちっともお見えにならないものだから、どうなすったのかと思っていましたわ。」

次郎は、胸の奥に、急に涼《すず》しいものを感じた。しかし、顔つきは相変《あいか》わらずむっつりして、

「僕《ぼく》、先生にお目にかかりたいんですけれど。」

「そう？　先生は、いま、畑ですの。しばらく二階で本でも読んでいらっしゃい。あたし、先生にすぐそう申しておきますから。」

次郎は、しかしそう聞くと、

「じゃあ、僕、畑のほうに行きます。」

と、すぐ中門から庭を横ぎって畑に行った。畑は庭つづきで、間を低い生《い》け垣《がき》で仕切ってあったのである。

胡瓜《きゅうり》や、茄子《なす》や、トマトなどのかなりよく生長《せいちょう》している中に、朝倉先生は、猿股《さるまた》一つの素《す》っ裸《ぱだか》でしゃがみこみ、しきりに草をむしっていたが、次郎があいさつをすると、かんかん帽《ぼう》をかぶった頭をちょっとねじむけて、

「やあ、本田か。」

と、言ったきり、また草をむしりだした。

次郎の張りきって来た気持ちは、それでちょっと出鼻《でばな》をくじかれた格好《かっこう》だったが、先生は、むしった草をかきよせながら、まもなくたずねた。

「ひとりで来たんかい。兄《にい》さんは？」

「まだ帰って来ないんです。」

「まだ？……高等学校はもうとうに休みのはずだがね。」

「今度《こんど》の休みには帰らないかもしれないって、手紙でいって来ました。」

「帰らない？　そうかね。どこかに旅行でもするのかい。」

「そうじゃないと思います。」

「ふうむ？」

と、先生は、今まで地べたばかり見ていた眼《め》をあげて、次郎を見た。

次郎は、今日《きょう》自分がたずねて来たわけを話しだすには、いいきっかけだと思ったが、いざとなると、切り出すのがいやにむずかしかった。で、

「大沢《おおさわ》さんも帰らないそうです。」

と、つい遠まわしにそんなことを言ってみた。

「大沢も？　そうか、じゃあ、二人で大いにがんばって勉強でもする気なんだろう。」

次郎は、期待に反して、そんなふうにごく無造作《むぞうさ》に話を片づけられてしまったので、

いよいよ切りだしにくくなり、しばらく黙《だま》って突《つ》っ立《た》っていたが、とうとう思いきったように、言った。

「先生、僕……今日は先生に聞いていただきたいことがあるんですが……」

朝倉先生は、すると、やにわに立ちあがった。そして次郎の顔をじっと見おろしたあと、

「そうか。……じゃあ、涼しいところに行こう。」

二人は、畑と風呂《ふろ》小屋との間に大きな枝《えだ》を張っている柿《かき》の木の陰《かげ》に腰《こし》をおろした。

次郎は、先生と二人で、こうして腰をおろしてみると、これまで胸につまっていたものが自然に溶《と》けて行くような気がして、話しだすのが何か気恥《きは》ずかしく感じられた。しかし、今さら黙っているわけにも行かず、まず恭一《きょういち》と大沢のことから、店の事情、自分が店で働いてみる決心をしたこと、昨日《きのう》から今日にいたるまでの春月亭《しゅんげつてい》とのいきさつ、と、ひととおり彼相応《かれそうおう》に順序をたてて話して行った。

話して行くうちに、彼はさすがに自分の感情がひとりでに興奮《こうふん》して来るのを覚えた。そのために、言葉がもつれたり、とぎれたりすることも、しばしばだった。朝倉先生は、しかし、はじめからしまいまで、ほとんど無言《むごん》に近い静けさできいていた。めったに相《あい》づちさえうたなかった。次郎の言葉が、もつれたり、とぎれたりしても、彼のほうに顔

をふりむけることさえしなかった。その眼は、いつも地べたの一点を凝視《ぎょうし》しているかのようであった。次郎は、興奮しつつも、先生のその静けさが変に気になった。むろん先生は、ふだんからそう口数の多いほうではない。よほどのことでないかぎり、生徒が話し終わらないうちに、中途《ちゅうと》で口を出すようなことをしないのが、先生の一つの特徴《とくちょう》にさえなっていたのである。しかし、それにしても、今日の沈黙《ちんもく》ぶりはまた格別《かくべつ》である。いつものそれとはまるで意味がちがっているらしい。次郎にはそんな気がしてならなかった。そして、それが、彼の興奮する感情をおさえおさえして、話の筋道《すじみち》をみだすことから、どうなり彼を救っていたのである。

次郎の話が終わってからも、朝倉先生は、

「そうか。……ふむ。」

と、返事とも、ひとりでうなずいたともつかない言葉を発したきり、しばらくは姿勢《しせい》もくずさなかった。次郎は、最初手持ちぶさたの感じだったが、沈黙がながびくにつれて、それが、しだいに気味《きみ》わるくさえ感じられて来た。彼は何度《なんど》も先生の横顔をのぞいたり、足もとの草をむしったりした。風呂小屋と背中合《せなかあ》わせになっている鶏《にわとり》小屋で、昼寝《ひるね》からさめたらしい鶏の声がくっくっときこえて来たが、それで沈黙がいくらかでも破《やぶ》れたのが、彼には、何かほっとする気持ちだった。

鶏の声がきこえだすと、朝倉先生も、急にいましめを解《と》かれた人のように、手足の姿勢をくずして、顔を次郎のほうにねじむけた。その澄《す》んだ眼には、次郎のまったく予期《よき》しなかった微笑《びしょう》がうかんでいた。同時に、その奥に、あるきびしい光が沈《しず》んでいたことも見のがせなかった。

先生は、ごく静かな、しかし感情のこもった声で言った。

「本田、君《きみ》は、ちょっとの間に、すばらしい経験をしたものだね。」

次郎には、しかし、先生の言った意味がすぐにはのみこめなかった。酒甕《さかがめ》に水をぶっこんで自分の短慮《たんりょ》と卑劣《ひれつ》さを暴露《ばくろ》し、春月亭をたずねて自分の良心的行為《りょうしんてきこうい》に侮辱《ぶじょく》を与《あた》えられ、いわゆる「実社会」が幻滅《げんめつ》の世界以外の何ものでもない、ということを学んだことは、彼にとって、実際、たえがたいほどのみじめな経験でこそあれ、すばらしいなどとは少しも思えないことだったのである。

彼は、先生に冷《ひ》やかされているのではないかという気がして、何か憤《いきどお》りに似たものをさえ感じた。そして、じっと先生の顔を見あげていると、先生の眼からはしだいに微笑が消え、今まで底に沈んでいたきびしい光がその代《か》わりに表面に浮《う》かんで来た。

「だが――」

と、先生は、その眼で次郎の眼を射返《いかえ》すように見ながら、

「君のさっきからの話しぶりでは、せっかくのすばらしい経験も、まるで台なしになりそうだね。」

次郎には、この言葉の意味も、よくは通じなかった。しかし、「すばらしい経験」と言われたのが、決して先生の冷やかしではなかった、ということがわかって、意味はわからぬながらも、何か心強い気もした。同時に、それが「台なしになりそうだ」と言われたのが、新しい不安となって、彼の頭を困惑《こんわく》させたのである。

「私の言っていることがわかるかね。」

「わかりません。」

二人は、眼を見あったまま、ぽつんとそんな問答をとりかわした。そして、それからしばらくは、鶏のくっくっと鳴く声だけが聞こえていた。

「君は、いま、狭《せま》い崖道《がけみち》を歩いているんだよ。」

次郎にとって、そんな言葉は、むろんもう少しも珍《めずら》しい言葉ではなかった。彼は、しかし、先生の語気《ごき》や顔つきにただならぬものを感じて、汗《あせ》ばんだ額《ひたい》の下に、大きく眼を見張った。

「君は、これまで、ながいあいだ苦労をして険《けわ》しい道をのぼって来たようだが、その道は、これからの踏《ふ》み出《だ》しよう一つで、君をもっと高いところに導いてくれる道にもなるし、君を見るまに破滅《はめつ》させる道にもなるんだ。そして、その大事な踏み出しは、——」

と、朝倉先生は、しばらく考えてから、

「一口《ひとくち》に言うと、信か不信かでそのよしあしがきまるんだ。わかるかね。」

次郎にはさっぱりわからなかった。彼は眼を地べたにおとして考えるふうだった。先生は、無理もない、という顔をして、

「信というのは、悪魔《あくま》の足でも、洗ってやればそれだけきれいになる、と信ずることだ。その反対に、どうせ悪魔の足だ、きれいになるはずがない、と思うのが不信だ。君は、どうやら、その不信の仲間入りをしようとしているようだが、そうではないかね。」

次郎は、やっと、先生の言っている意味がぼんやりながらわかったような気がした。そしてそういう意味でなら、自分が不信の仲間入りをしようとしていると言われてもしかたがない、と思った。しかし、悪魔の泥《どろ》だらけの足が、あまりにも大きく彼の前にのさばっているような気がして、それを洗わないからといって、自分が非難《ひなん》される道理《どうり》がない、という気も同時にしたのである。彼は返事をしなかった。

朝倉先生は、彼の気持ちを見すかすように、

「むろん、世の中にはむだな努力ということもある。また、むだな努力はしないほう

が賢明《けんめい》だ、というのもあながち間違《まちが》いではない。しかし、人間の世の中をてんから疑ってかかって、何をするのもむだだと考えるようになると、もうその人は崖《がけ》をふみはずした人間だ。そして、そういう人間になるのも、もともとその人が卑怯《ひきょう》だからだ。」

次郎は、またわけがわからなくなった。七つ八つのころから、自分の最もきらいだった「卑怯」という言葉が、こんな場合にもあてはまるなどとは、彼の夢《ゆめ》にも思っていなかったことなのである。彼は伏《ふ》せていた眼をあげて先生を見た。

「卑怯というのは、言葉をかえて言うと、自信が足りない、ということだ。一滴《いってき》の水にも一粒《ひとつぶ》の砂を洗い落とす力はあるんだから、それを信ずる人間なら、悪魔の足がどんなに汚《よご》れていようと、あとへは引かないはずだ。砂一粒でも落とせば、それだけ悪魔の足がきれいになるはずだからね。」

次郎の頭には、その時、ふと、昨日天満宮《てんまんぐう》のまえで人間の弱さということについて考え、何か眼に見えないものにへりくだりたい気持ちになったことを思いおこした。そして、その気持ちと、今先生が言った自信という言葉との間に、何かそぐわないものを感じたが、それをどう言いあらわしていいかわからないままに、先生の言うことに耳を傾《かたむ》けていた。

「とにかく人間は絶望するのが一番悪い。料理屋のお内儀《かみ》に相手にされなかったぐらいのことで、幻滅を感じるなんて、もってのほかだ。」

朝倉先生の言葉は、これまでになく激《はげ》しかった。が、すぐ、もとの静かな調子にかえって、

「もっとも、君ぐらいの年ごろでは、まじめであればあるほど、そんな気持ちになりたがるものだ。私にも、そんな経験がある。だが、そこを切りぬけるのが、ほんとうのまじめさなんだよ。いつかも白鳥会でみんなに話したとおり、誠《まこと》は積まなきゃならない。一滴の水の力を信じて、次から次に辛抱《しんぼう》づよく一滴を傾ける。そしてそういう人が二人になり、三人になり、十人になり、百人になる。そこに人生の創造《そうぞう》があるんだ。」

次郎は、「まじめであればあるほど、そんな気持ちになりたがるものだ。」と言った先生の言葉を、決して聞きのがしてはいなかった。それが「もってのほかだ」と叱《しか》られたあとだけに、いっそうつよく彼の胸にひびいたのである。そして、そのせいか、そのあとの先生の言葉が、割合《わりあい》にすらすらと、胸に収まるような気がした。

「ミケランゼロという伊太利《イタリー》の彫刻家《ちょうこくか》がね、――」

と、先生は、いくぶんゆったりした調子になって、

「ある日、友人と二人で散歩をしていた時に、道ばたの草っ原に大理石《だいりせき》がころがっているのを見つけた。彼は、しばらくその黒ずんだ膚《はだ》を見つめていたが、急に、友人をふ

りかえって、この石の中に女神《めがみ》が擒《とりこ》にされている、私はそれを救いださなければならない、と言った。そして、その大理石を自分のアトリエに運びこませ、それから毎日たんねんに鑿《のみ》をふるっていたが、とうとう、それをみごとな女神の像に刻《きざ》みあげてしまったそうだ。この話は、何でもないと言ってしまえば、何でもない話だ。彫刻家が自分の気に入った大理石を見つけだして、それを彫刻するのは、何も珍《めずら》しいことではないからね。しかし、考えようでは、人生のすばらしい真理がその中に含《ふく》まれているとも言えるんだ。どうだい、この話をきいて何か感ずることはないかね。」

次郎は、ちょっと首をかしげていたが、

「女神が擒《とりこ》にされている、と言ったのがおもしろいと思います。」

「おもしろいって、どうおもしろいんだ。」

次郎には、説明はできなかった。彼は、ただ、何とはなしにその言葉がおもしろく感じられただけだったのである。朝倉先生は微笑しながら、

「その擒《とりこ》にされた女神を救いださなければならない、と言ったのも、おもしろいだろう。」

「はい。」

「さすがはミケランゼロだね。」

るんだ。」

そう言われても、ミケランゼロを知らない次郎には、返事のしようがなかった。「千古《せんこ》の大芸術家だけあって、そんな簡単な言葉の中に、人生の真理を言《い》い破《やぶ》ってい

次郎はただ先生の顔を見つめているだけであった。

『わからないかね。」

と、朝倉先生は、柿の木の根もとに投げ出してあったかんかん帽《ぼう》をかぶり、猿股《さるまた》の塵《ちり》を払《はら》いながら、のっそり立ちあがった。そして、

「じゃあ、これは宿題だ。君自身の問題と結びつけて、よく考えてみることだね。」

次郎は、しかし、そう言われると、何もかも一《いっ》ぺんにわかったような気がした。彼はやにわに立ちあがって、先生のまえに立ちふさがるようにしながら、

「先生、わかりました。」

「どうわかったんだ。」

「人間の世の中は、草っ原にころがっている大理石のようなものです。」

「うむ。」

「その中には、女神のような美しいものが、ちゃんとそなわっているんです。」

「うむ、それで?」

「僕たちがそれを刻《きざ》み出《だ》すんです。」

「君が春月亭に行ったのもそのためだったんだね。」

「そうです。」

「しかし、君の鑿《のみ》はすぐつぶれてしまったんじゃないか。」

「僕、もう一度とぎます。」

「といでもまたつぶれるよ。」

「つぶれたら、またとぎます。」

次郎は意気込《いきご》んでそう答えた。

「そうか。しかし、そう何度もつぶしてはとぎ、つぶしてはとぎしていたんでは、かんじんの鑿がすりきれてしまいはせんかね。」

朝倉先生は、そう言いながら、笑っていた。次郎はちょっとまごついたふうだったが、すぐ、決然となって、

「僕、間違《まちが》っていました。僕は決してつぶれない鑿になるんです。」

「しかし、つぶれない鑿なんて、あるかね。」

「あります。」

「どんな鑿だい。」

「それは、先生がさっきおっしゃったように、信ずることです。自分が努力さえすれば、それだけ世の中がよくなると信ずることです。」

「うむ、その通りだ。人間の心の鑿《のみ》は、彫刻家の鑿とはちがって、そうした信の力さえ失わなければ、決してつぶれるものではない。いや、堅《かた》いものにぶっつかればぶっつかるほど、かえって鋭《するど》くなって行くのが、人間の心の鑿だ。むろん、人間には過《あやま》ちというものがある。また、自分のせっかくの真心《まごころ》が通らないで、かえってそのために侮辱《ぶじょく》をうけることもある。それは君が現に春月亭で経験したとおりだ。過ちを犯《おか》せば悔《く》やみたくもなるだろうし、侮辱をうけたら腹もたとう。しかし、それはそれでいいんだ。そのために信の力がくじけさえしなければ、後悔《こうかい》の涙《なみだ》も怒《いか》りの炎《ほのお》も、そのまますばらしい力となって生きて来るんだ。」

朝倉先生は、そう言って、両手を次郎の肩《かた》にかけ、強くゆすぶりながら、

「いいかね。……あぶないところだったよ。」

と、いかにも慈悲《じひ》にみちた眼で次郎の眼に見入《みい》った。

次郎の眼も、しばらくは先生の眼を見つめたまま動かなかった。しかし、その視線はそろそろと先生の裸《はだか》の胸をすべり、しまいにがくりと地べたに落ちていった。そして、もうその時には、彼の汗《あせ》ばんだ制服の腕《うで》が、その眼からこぼれ落ちるものを拭《ふ》きとろう

として、急いで顔におしあてられていた。

朝倉先生は、かなりながいこと同じ姿勢《しせい》で立っていたが、やがて次郎の背をなでるようにして両手をはなし、

「君がこれから真剣《しんけん》に考えなけりゃならん問題は――」と、いかにも考えぶかい調子で、

「もしお父《とう》さんの事情がそんなふうだとすると、君自身の将来をどうするか、という実際問題だ。さっきからの君の話では、兄さんはもう自分で何とか考えているらしいね。兄さんには大沢という友だちもいるから、きっとうまく切りぬけて行くだろう。君も、自分でしっかり考えてみるんだよ。」

次郎はいそいで涙をふいた。そして、いくぶん恥《は》ずかしそうに顔をあげたが、ただ、

「はい。」

と答えたきり、また顔をふせた。

「むろん、中学を出るぐらいのことは、何とかなるさ。しかし、そのあとは、そう簡単にはいかんからね。兄さんだって、大沢がついていなけりゃ、ちょっと心配だよ。」

「僕、まだ志望をきめてないんですから、これからよく考えます。」

「うむ、何もいそぐことはない。しかし、あまりぐずぐずもしておれんね。それに、

自分の一生に関する実際問題をじっくり考えてみるのは、いい修行《しゅぎょう》だ。春月亭のお内儀《かみ》なんかと取っくむよりゃ、ずっと取っくみがいがあるよ。はっはっはっ。」

次郎は思わず頭をかいた。朝倉先生は、かんかん帽をとりあげて、

「じゃあ、そろそろまた畑の手入れをはじめるかな。どうだい、本田、君も少し手伝わないか。畑にだって、女神が擒《とりこ》にされているかもしれんよ。」

「はい、手伝います。」

と、次郎は、急いで上衣《うわぎ》をぬいだが、下には膚着《はだぎ》も何も着ていなかった。色の浅黒い、あまり肉づきのよくない胸が、じっくり汗ばんで、柿《かき》の葉の濃《こ》いみどりの陰《かげ》にあらわだった。

「しかし、少し喉《のど》がかわくね。麦湯《むぎゆ》のひやしたのがあるはずだから、君、とって来てくれないか。」

「はい。」

次郎は、風呂小屋をまわって台所のほうに走って行ったが、まもなく奥さんと二人で何か楽しそうに話しながら帰って来た。奥さんは手製らしい寒天菓子《かんてんがし》を盛《も》った小鉢《こばち》と、コップ二つとを盆《ぼん》にのせて持っており、次郎は、一升入《いっしょうい》りのガラスびんを抱《だ》くようにして持っていた。ガラスびんからは冷たい雫《しずく》がたれていたが、その中にはいっぱいつまっ

た琥《こ》珀《はく》色《いろ》の液体をすかして、次郎の胸がぼやけて見えた。

「ここのほうがよっぽど涼しゅうございますわ。やっぱり木陰《こかげ》ですわね。」

と、奥さんは、盆を柿の木の根元におろすと、ちょっと梢《こずえ》を仰《あお》ぎ、鼻の下の汗をハンカチでふいた。

「そりゃあ、家の中より涼しいさ。しかし、今日はここで本田と少し熱っくるしい話をしたんで、あんがい喉がかわいてしまったよ。」

朝倉先生は、次郎がなみなみとついでくれたコップに手をやりながら、そう言って笑った。

「そう？」

と、奥さんは、うなずくとも、たずねるともつかない眼つきをして、次郎を見た。次郎は、自分のコップに、ちょうど麦湯をつぎ終わったところだったが、ちらと奥さんの顔をのぞいたきり、きまり悪そうに視線をおとした。

「いかが、本田さん。これ、おいしいのよ。」

と、奥さんは菓子を盛った鉢《はち》を次郎のほうにちょっとずらしながら、

「いずれ、そのお話、あたしも白鳥会の時にうかがわせていただきますわ。」

「ううむ――」

と、朝倉先生は、考えていたが、

「白鳥会の話題にするには少しぐあいがわるいね。問題としては実にいい問題なんだが、本田の家の内輪《うちわ》の事情にも関係があるんだから。」

「そう？　じゃあ、あたしもうかがわないほうがようございますわね。」

奥さんは、そう言って、いかにも心配そうに次郎を見た。

「いや、お前には知っていてもらったほうがいいだろう。これからは、私がいなくても、急に本田の相談相手になってもらわなきゃならん場合もあるだろうからね。」

「あたしがご相談相手に？……どんなことでしょう。あたしにできますことかしら。」

「くわしいことはあとで話すよ。……本田、どうだい、小母《おば》さんにだけは話してもいいだろう。」

「ええ。」

次郎は、少し顔を赤らめて答えた。彼は、朝倉先生がどんなつもりで奥さんだけに今日の話をしようというのか、その真意《しんい》は少しもわからなかった。しかし、とにかく、自分のことを何もかも奥さんに知ってもらうことに少しも異存《いぞん》はなかったし、むしろそれにある悦《よろこ》びをさえ感じているのだった。

朝倉先生は、コップをのみほして、その底を手のひらで撫《な》でながら、奥さんに向かっ

て、

「それはそうと、こないだお前と話していたミケランゼロの話ね。」

「ええ。」

「あの話を今日《きょう》本田にもきかしてやったんだよ。ちょうどぴったりするものだからね。」

「まあそうでしたの？　そんなにぴったりしたんですの？」

奥さんは、少しはずんだ調子で、どちらにたずねるともなくたずねた。しかし、答えはどちらからもなかった。二人はただ微笑しているだけだった。

「それで、本田さんは、あの意味、ご自分でお解きになりましたの？」

「そりゃあ解いたとも。さすがに苦しんだだけあって、お前なんかのように二日も三日もひねりまわしてはいないよ。そこが遊びと血の出るような体験とのちがいでね。」

「まあ、遊びだなんて。」

と、奥さんは、心からの不平でもなさそうに笑いながら言ったが、急に眉根《まゆね》をよせて、

「でも、本田さん、そんなにお苦しみになりまして？」

「そりゃあ、本田の年ごろにしちゃあ相当《そうとう》の苦しみだったろうよ。とにかく料理屋のお内儀《かみ》を相手に鑿《のみ》をふるおうというんだからね。」

「鑿《のみ》を？」

奥さんは眼を円くして次郎を見た。

「はっはっはっ。鑿って、さっきのミケランゼロの話だよ。本田は、つまり、そのお内儀《かみ》を女神《めがみ》に刻みあげてやろうというわけだったんだ。」

「あら、そう。あたし、すっかりほんとうの鑿かと思って、どきりとしましたわ。ほほほ。」

「まさか、ごろつきではあるまいし、ねえ本田。」

と、朝倉先生は、また大きく笑った。

次郎は、しかし、少しも笑わなかった。彼は、むしろ、いくぶん暗い顔をして二人の話に耳を傾けていたが、先生の笑い声がしずまると、だしぬけに言った。

「先生、僕は春月亭《しゅんげつてい》のお内儀を女神にしようなんて、そんなことちっとも考えていなかったんです。僕は、ただ、僕の悪かったことをあやまろうと思っただけなんです。」

「ふむ――」

と、朝倉先生は、空《から》になったコップの底を見入るように、しばらく眼をふせていたが、

「そりゃそうかもしれん。しかし、それでいいんだ。いや、それがいいんだ。そんなふうに自分を反省《はんせい》して、へりくだる気持ちになることが、相手を清めることになるんだ。

自分の力を信ずるといっても、自分が一段高いところに立って、人を救ってやるというような気持ちになったんでは、人を救うどころか、かえって世の中をみだすだけだ。要するに人間はめいめいに真剣《しんけん》になって自分を磨《みが》けばいいんだよ。もともと、自信というのは、決して自分を偉《えら》いと思いこむことではなくて、自分を磨きあげる力が自分に備わっていると信ずることなんだからね。」

次郎は、かつて「葉隠《はがくれ》」の中で読んだことのある、「人に勝つ道は知らず、我に勝つ道を知りたり」という剣道《けんどう》の達人《たつじん》の言葉を思いおこした。しかし、自分が自分をどんなに磨いても、その結果、春月亭のお内儀《かみ》のような人間を少しでも美しくすることができようとは、どうしても思えなかった。

「しかし、先生――」

と、彼は、いくぶん口ごもりながら、

「世の中には、どんなに真心をつくしても、それの通じない人間もあるんじゃありませんか。」

「例えば春月亭のお内儀のように、と言うんだね。」

「はい、僕は、あんな女にも女神が擒《とりこ》にされているなんて、とても思えないんです。」

「そんなことを言えば、話はまた逆もどりするだけだ。」

「しかし、例外ということもあるんでしょう。」

「人間に例外はない。人間の本心はみな美しいんだ。」

朝倉先生の言葉はきっぱりしていた。次郎がびっくりしたように眼を見張っていると、

「人間の心に例外があると思うのは、そう思う人自身の心がまだ十分に磨かれていないからだ。同じ大理石を見ても、ミケランゼロにはその中に女神が見いだせたし、彼の友達にはそれが苔《こけ》だらけの石にしか見えなかったんだからね。」

しばらく沈黙がつづいた。次郎は地べたを、朝倉先生は次郎の横顔を見つめていた。奥さんはうしろから、二人を等分に見くらべていたが、心から次郎をいたわるように言った。

「ほんとうに大事なことですけれど、あたしたちにはむずかしいことですわね。」

「そりゃあ、だれにだってむずかしいことだよ。こんなことを言っている私自身にも、毎日、人間の汚《きた》ないところばかりが眼について、いいところはなかなか見えないんだ。学校にいても、どうかすると、生徒がみんなだめなような気がして、逃《に》げだしたい気持ちになることがあるよ。」

次郎は、おずおずと先生の顔を見上げた。先生はちょっと笑って見せたが、すぐ真顔《まがお》になって、

「しかし、私は決して逃げだしはしない。逃げだすまえに自分を省《かえり》みるんだ。そして生徒の心に神を見ることができないのは、自分の心に神が育っていないからだと思うんだ。そう思うと、ひとりでに謙遜《けんそん》にならざるを得《え》ない、教えるとか、導くとかいう傲慢《ごうまん》な心は、いっぺんに消しとんで、ただ生徒のために祈《いの》りたい気持ちになって来る。何か大きなものに、祈って、祈って、祈りぬいて、自分を捧《ささ》げきってしまいたい気持ちになって来る。ところが、そうなると、不思議に胸の奥から何とも知れない力が湧《わ》いて来るんだ。そりゃあ、自分ながら変な気がするよ。しかし、考えてみると、私が、これまでどうなり学校というものに絶望しないで勤めて来たのは、そうした、反省というか、へりくだるというか、あるいは祈るというか、とにかく自分というものを何とかしようと骨を折って来たおかげなんだ。」

次郎は、昨日天満宮のまえで味わった気持ちをもう一度思いおこした。そして、それが先生の言っているのと同じ気持ちではないだろうか、という気がして、異様《いよう》な興奮を覚えたが、やはり、口に出しては何とも言いかねた。すると、先生は、急に笑いだし、

「いや、話がつい自分のことになってしまって、まずかったね。熱っくるしい話は、今日はもうこれで打ち切りだ。」

と、コップを置いて立ちあがりかけた。

「あなた、お菓子《かし》はいかが。」

「そうか、お菓子があったんだね。どうだい、本田、さっさと平《たい》らげて畑をやろうじゃないか。」

次郎は、それでやっと麦湯《むぎゆ》をのみ、菓子をつまんだ。

その日、奥さんは、畑をしまって帰ろうとする次郎に、夕飯を振《ふ》る舞《ま》おうとしたが、次郎は、なぜか逃げるようにして帰った。そして、家に帰りつくまでに、彼は、自分にとってはやはり何もかもが「無計画の計画」だったと思った。しかし、この言葉は、最近彼が何かで覚えた「摂理《せつり》」という言葉と結びついて、いっそう彼の胸に深まりつつあったようであった。

「運命」――「無計画の計画」――「摂理」――この三つの言葉が、彼の心の中で、ほとんど同義語と思われるまでに近づいて来たということは、同時に彼の対人生の態度が、我執《がしゅう》と反抗《はんこう》から一歩一歩と謙抑《けんよく》と調和への道をたどりつつあった証拠《しょうこ》だといえないだろうか。

一六　新しい出発

次郎《じろう》は、中学校にはいってから、恭一《きょういち》にすすめられて、ずっと日記をつけて来た。日記帳はべつにきまっていなかった。最初の一年は小形の当用日記をつかったが、かえって不便《ふべん》な気がして、あとでは普通《ふつう》のノートをつかうことにしたのである。彼の日記には、かなりむらがあり、書きたいことがあれば、何枚でも夜ふかしをして書く代《か》わりに、日によっては一行か二行かですますこともあった。また、他人が見ては何のことだか想像もつかないほど主観的な感想をならべたところがあるかと思うと、皮肉《ひにく》なほど冷たい客観的描写《かんてきびょうしゃ》をやっているところもあった。それに、二年の半《なか》ばごろからは、和歌や、詩などを記した頁《ページ》も、しだいに多くなって来たのである。

彼の詩心については、「次郎物語 第二部」のなかでちょっとふれておいたが、それは、運命的に彼の胸の底を流れている哀愁《あいしゅう》の感情が、恭一に対する、これも運命的な競争意識に刺激《しげき》されて、最初芽を出したものであった。それだけに、彼の書いたものには、恭一のそれのような素直《すなお》さやあたたかさはなかった。しかし、どこかに、人の心をつく感情の鋭《するど》さと、機知《きち》のひらめきとがあった。そして、年三回刊行される校友会の文苑欄《ぶんえんらん》には、きまって彼の名が見いだされるようになり、たいていの生徒は、「本田白光《ほんだ》」という彼の筆名《ひつめい》を覚え、文芸に興味をもっている上級生の一部では、彼を天才視するものさえあったのである。

彼の日記のなかで、分量からいっても、内容からいっても、最も目《め》だっている部分は、何といっても白鳥会を中心とするものであった。彼の白鳥会に対する心酔《しんすい》ぶりは——それは朝倉《あさくら》先生に対する心酔ぶりといったほうが、いっそう適切であるかもしれないが、——ほとんど無条件的で、実は彼の筆名も、最初は「白鳥」の二字をそのまま使っていたのであるが、恭一に、それではあまりあからさますぎると言われ、ずいぶん考えた末、やっと「白光」とあらためたくらいだったのである。また彼は、自分の手で、心ゆくまで白鳥会を礼讃《らいさん》した詩を書きあげたいという野心《やしん》をさえ、人知れず抱《いだ》いているのである。

しかし、ごく最近の彼の日記は、さすがに、閉店にからんだ家庭のことが大部分をしめている。そしてその記述は、どちらかというと客観的であり、彼が、自分の周囲の現実を、できるだけ落ちついて見きわめようとする態度が、その中にかなり鮮明《せんめい》にあらわれており、同時に、彼が主としてどういう点で自分を反省しているかも、おおよそそれでうかがえるように思える。で、私は、これから、閉店後十日あまりの彼の日記を抜《ぬ》き書《が》きすることによって、しばらく私自身の記述の労《ろう》を省《はぶ》きたいと思う。これは、彼が中学三年——あたりまえだと四年の年齢《ねんれい》だが——の青年にしては、多少ませすぎていることを、彼自身をして証明させるためにも、実は必要なことなのである。

＊

八月二十一日

父は起きるとすぐ、自分で、閉店の貼《は》り紙《がみ》を店のガラス戸に貼りつけた。貼りつけてしまって笑っている。こんな時になぜ父が笑ったのか、僕《ぼく》にはよくわかるような気がした。しかし、僕はべつに笑ってもらいたくはなかった。笑ってもらったために、かえって寂《さび》しい気さえしたのである。

貼り紙を出したあと、僕はいやにその貼り紙が気になった。半紙一枚に、候文《そうろうぶん》でかなりながい文句《もんく》が書いてあるので、あまり人目《ひとめ》をひくものではなかったが、それでも気になってしようがなかった。この暑いのに、店戸をおろしたままにしてあったためかもしれない。僕は午前中、思い出しては格子《こうし》の中から外をのぞいて、道行く人たちの顔に注意した。自分でつまらないことだと思いながら、どうしてもそれを制しきれなかったのである。子供のころの自分が思い出されて、つくづくいやになった。

道行く人は、だれも小さな閉店の貼り紙なんかには気をひかれないらしかった。たいていは見向きもしないで通って行った。たまに店戸がおりているのに気がついて、ふり向く人もあったが、貼り紙を読むために立ちどまった人はほとんどなかったようだ。ただ、近所の人たちだけが、ちょっと眼《め》を見はって貼り紙を読んだ。しかし、それもたいして驚《おどろ》いた様子《ようす》もなく、中には変な微笑《びしょう》さえもらしたものがあった。

僕は、この冷淡《れいたん》さに、最初はかえってほっとする気持ちだった。しかし、あとではたまらない腹だたしさを感じて来たので、午後からは一度ものぞいて見なかった。

仙吉《せんきち》も文六《ぶんろく》も、奉公先が見つかったらしい。あるいは、もうとうに見つかっていたのかもしれない。父は、給料のほかに金一封《きんいっぷう》ずつを包んで二人に暇《ひま》をやった。夕飯には、二人の送別会をかねて、何か御馳走《ごちそう》があるはずだったが、二人ともそれを断《ことわ》って、昼飯《ひるめし》をすますとすぐおいとまをした。僕は、しかし、この二人が道行く人たちのように冷淡であったとは思いたくない。

父が家のものみんなに閉店の決心を話してから、もう今日《きょう》で四日になるが、昨日《きのう》まで飯時《めしどき》にさえなると泣いたり怒《おこ》ったりしていた祖母が、今日はふしぎに静かだった。疲《つか》れたのか、あきらめたのか、僕にはわからない。しかし、考えてみると、だれよりも打撃《だげき》をうけたのは祖母だろう。祖母はもうまもなく七十だ。いたわってやらなければならないと思う。だが、僕の胸のどこかに、過去の思い出を清算《せいさん》しきれない気持ちがまだいくらか残っていはしないか。

兄に手紙を書く。祖母は、兄に閉店のことを知らせてはいけない、と言った。しかし、僕はこれには絶対不賛成だ。今はお互《たが》いに事実をかくすことが何よりもいけないことなのだ。

八月二十二日

父は朝早くからどこかに出かけた。父が出かけるとまもなく母も出かけた。父は夜になって帰って来たが、母は三時ごろにはもう帰っていた。

二人の留守中《るすちゅう》、祖母は僕と俊三《しゅんぞう》を呼んで、「母《かあ》さんが今日出かけたことは、父《とう》さんに黙《だま》っておいで。」と言った。

それから、さんざん父をけなしたあと、「こんなふうではどうせ学校どころのさわぎではないよ。どうだえ、次郎、早く思いきって一本立ちになる気はないのかえ。」と言った。聞いていてあまり愉快《ゆかい》ではなかったが、さほどに腹もたたなかった。僕はただ、「考えてみます」と答えただけだった。俊三はべつに問われもしなかったので、答えもしなかった。

僕はまだ祖母をほんとうには愛しきれないようだ。以前のように、そう憎《にく》いとは思わないが、愛しているとは絶対にいえない。僕は、昨日、道行く人々の冷淡さに腹をたてたが、僕自身、祖母に対して冷淡でないといえるだろうか。それを思うと、僕はまだ十分に運命に打《う》ち克《か》ってはいないのだ。

夜、頭のはげた老人が父をたずねて来た。店の道具いっさいをそのまま譲《ゆず》りうけて、この家で酒屋を引きついで行く人がきまったということは、こないだ父にきかされていたが、この老人がその人だったのだ。ちょっと見るとやさしいようで、実はずるそうな人だった。「お引越し先がおきまりまでは、私のほうはいつまでもお待ちします。」と言うかと思うと、「こちらの家主《やぬし》さんとも、じきじきお会いして、話はもう何もかもつけてありますので、へへへ。」と手をもみながら変な笑い方をした。春月亭《しゅんげつてい》のお内儀《かみ》さんなんかより、こんな人のほうがほんとうにいけない人なのかもしれない。それは、こんな人にはどこから「鑿《のみ》」をあてていいのかわからないからだ。

この老人のような人間が、世の中にはかなり多いのではあるまいか。いや、どうかすると、たいていの人間がそうであるかもしれない。そう思うといやになる。――しかし、僕はこんなことを考えてはいけなかったのだ。朝倉先生は、「人間に例外はない、人の本心はみんな美しいのだ」とはっきり言われたのではなかったか。

八月二十三日

今日は珍《めずら》しく父も外出しなかった。しかし、家の中にいなければならない用事もなかったらしく、一日中、おちつきはらって何か本を読んでいた。祖母にはその落ちつきが気に入らなかったらしい。口では何とも言わなかったが、父を見る眼はいつも光っていた。

母のほがらかな顔と無口《むくち》とは、いつものことだが、今日はそのほがらかな顔がとくべつ祖母には目《め》だったらしい。祖母の母を見る眼は、父を見る眼よりもいっそうとがっていた。しかし、口に出しては、やはり何とも言わなかった。

家中のものが、こんな時に、一日中ほとんど口をききあわないというのは、いやなものだ。僕は母が無口であることを、今日ほど物足《ものた》りなく思ったことはない。

僕は、その沈黙《ちんもく》を破《やぶ》りたいと思って、夕方俊三と二人で二階で歌をうたいだしたが、すぐ祖母に「やかましい」と言って叱《しか》られた。

八月二十四日

昨夜は寝《ね》てから前途《ぜんと》のことを考えてみたが、ちっとも考えがまとまらなかった。ほんとうに行《ゆ》き詰《づ》まったら、祖母の言うとおり、学校をよしてどんな仕事でもするんだ、と強《し》いて考えてみたが、気持ちは少しも落ちつかなかった。そして、なぜか、お浜《はま》のことが思い出されてならなかった。

今日は起きるとすぐ、お浜に手紙を書いた。やはり店のことを知らしたほうがいいと思ったからだ。お浜はびっくりするかもしれない。しかし、僕がいよいよ学校をやめなければならないようになってから知らせたら、なおびっくりするだろう。

今日も父は在宅。朝から寝ころんで、やはり本を読んでいる。何の本かと思ってのぞいて見たら、養鶏《ようけい》の本だった。どうしてそんな本を読むのか、たずねてみたかったが、父が一日にこりともしないので、その機会がなかった。みんなが口をききあわないこと昨日と同じ。祖母は何度《なんど》も父の枕元《まくらもと》をとおって仏間《ぶつま》に行き、鉦《かね》をならして念仏《ねんぶつ》を唱《とな》えたりした。

祖母が仏間に行く気持ちは決して純粋《じゅんすい》なものではない。しかし、それだけに、かえってあわれに思える。そうは思えるが、僕自身から進んで慰《なぐさ》める気にはならない。強《し》いて慰めてみても僕の言葉はきっとうそになるだろう。

愛から出たうそならいい。しかしうその愛は僕にはもうたえがたい苦痛だ。真実の愛よ、わが胸によみがえれ。

家にいると息苦しいので、昼飯《ひるめし》をすますとすぐ、俊三と二人で鮒《ふなつ》釣りに行くことにした。中学校に入ってから、一度も釣りをやらないので、道具からそろえねばならなかったが、針《はり》だけ買って、あとは何とか間《ま》に合わせた。どこがいいのか、場所の見当《けんとう》もつかなかったが、俊三が、天神裏《てんじんうら》の池が涼《すず》しいと言うので、すぐそこに行った。

餌《えさ》をつけて針を沈《しず》め、うきを見つめているうちに、正木《まさき》にいたころの記憶《きおく》が楽しくよみがえって来た。まもなくうきが動きだしたが、それを見て胸がわくわくした気持ちも、以前と少しも変わっていなかった。釣りあげた鮒はかなり大きかった。

それから三十分ばかりの間に、僕は大小五尾《び》ほど釣りあげたが、俊三には一尾もつれなかった。うきもほとんど動かなかったらしい。俊三はそれで何度も場所をかえたりしていたが、やはりだめだったらしく、また戻《もど》って来て、釣竿《つりざお》を投げだし、日陰《ひかげ》にねころんでしまった。

寝ころんだまま、俊三は、何と思ったか、だしぬけに言った。

「お祖母《ばあ》さんのいけないこと、僕にはよくわかったよ。」

僕は何と返事をしていいのかわからなくて、黙《だま》っていた。すると、俊三は、

「一昨日《おととい》、母《かあ》さんがどこに行ったのか、知っている？」

と、急に起きあがって、僕のそばによって来た。僕が、知らない、と答えると、俊三

はいかにも大きな秘密でもうちあけるように、

「大巻《おおまき》のお祖父《じい》さんとこさ。お祖母《ばあ》さんに言いつかって行ったんだよ。」

僕は一昨日のことが何もかもわかったような気がして、祖母のことを話すのがいやになった。僕は、だから、

「お祖母さんはかわいそうな人だよ。」

とだけ言って、じっとうきを見つめていた。俊三も、すると、それっきり何とも言わなかった。

祖母は父には秘密で、母を利用して大巻に何か無心《むしん》を言わせている。母は、言われるままにそれに従っているのだ。きっと、大巻には、それが祖母の意志であることも、言うのを禁じられているだろう。母はそれにも従っているのかもしれない。――僕は、そんなことを考えてうきを見つめていたが、今度《こんど》は、そんなことを考える自分がいやになって来た。そして、うきももう動かなくなったので、すぐ帰りじたくをした。

帰りがけに、ふと、いつも朝倉先生が、「自分をごまかすのが一番いけないことだ」と言われていたことを思い出した。さっき、祖母をかわいそうだと言ったのが、胸にひっかかっていたからだろう。僕は、それを言い直すつもりで、歩きだすとすぐ俊三に言った。

「しかし、お祖母さんよりも、母《かあ》さんのほうがもっとかわいそうだね。」

俊三は「うん」と強くうなずいた。俊三がうなずくと、僕は、なぜか、やっぱり祖母もかわいそうだという気がしみじみした。祖母はほんとうに一人ぼっちなのである。

家に帰ってみると、正木の祖父と青木《あおき》さんが来ていて、座敷《ざしき》で父と何かひそひそ話をしていた。僕たちがお辞儀《じぎ》をしに行くと、祖父は黙ってお辞儀をかえしただけだったが、青木さんは、僕に、

「竜一《りゅういち》が、夏休みになってから、相手がなくて寂《さび》しがっているよ。ちと遊びにやって来たまえ。」

と言った。竜一君のことはこのごろあまり思い出しもしなくなっていたが、何だかすまない気がした。

座敷の話はいつまでもつづいて、夕飯時になり、酒が出た。店に残っていたわずかばかりの酒を、びんにつめて台所にしまってあったが、その一本があけられたのである。僕たちの釣って来た鮒《ふな》も、すぐ酢味噌《すみそ》になって役にたった。何だか家の中が久方《ひさかた》ぶりに明るくなったように感じられた。

酒が運ばれるにつれて、青木さんの声がしだいに大きくなったが、時々、「村長」と言っているような声がきこえた。

そのうちに、大巻の祖父が徹太郎叔父《てつたろうおじ》と二人づれでやって来た。多分打ち合わせてあったのだろう。二人が来ると座敷はいっそうにぎやかになった。大巻の祖父の高声《たかごえ》につりこまれて、青木さんの声がいっそう高くなり、いつもしずかな正木の祖父の声までがいくらか高くなった。それで注意してきいていると、あらましの話の筋《すじ》がわかった。

青木さんは、父に村に帰って来て村長をやってもらいたいと言っていた。それに対して、正木の祖父は、今では村の人も父を歓迎《かんげい》はしているが、いったん家まで売って立《た》ち退《の》いた村だから、将来何かと都合《つごう》の悪いこともあるだろう、と心配しており、大巻の祖父と徹太郎叔父とは、村長なんかうるさい、それに村長の収入だけでは子供たちがかわいそうだ、とあからさまに反対して、その代わりに養鶏《ようけい》をやれ、とすすめていた。

大巻の祖父の言うことをきいていると、母は漬物《つけもの》がじょうずなばかりでなく、養鶏の経験もあるらしい。僕たちの母になる前には、独身でとおすつもりで、ぼつぼつそれをやりはじめて、五、六十羽《ぱ》は飼っていたそうだ。僕はそれをきいて、母にはあんがい偉《えら》いところがあるような気がした。そして、話が養鶏のほうにきまるのを心ひそかに望んでいたが、とうとうどちらともきまらないままにみんな帰っていってしまった。

あとで、祖母と父との間に、こんな問答《もんどう》があった。

「どうおきめだえ。」

「二、三日考えることにしました。」

「村長さんになるのはいいけれど、今さら村に帰るのはどういうものかね。」

「それで、私も養鶏のほうにしようかと思ってるんです。」

「でも、それには資金がいるんじゃないのかい。」

「養鶏ときまれば、青木だって、正木だって、資本の相談には乗ってくれるでしょう。」

「大巻さんはどうだえ。」

「大巻のほうでは、土地を使ってくれと言うんです。お芳《よし》がもと養鶏をやっていたところを広げても、相当《そうとう》使えるらしいのです。」

「その土地というのは、どこにあるんだえ。」

「大巻の家とすぐ地つづきだそうです。」

「すると、住居のほうはどうなるんだえ。」

「大巻の家が広すぎるから、当分《とうぶん》いっしょでもいいし、それで都合が悪ければ、仕切ってもいい、と言うんです。」

「すると、住居まで大巻さんのお世話になるわけだね。」

「当分しかたがありませんね。」

「それでお前はいいのかえ。厚かましいとは思わないのかえ。」

「今さらやせがまんを出してみたところでしかたのないことですから、思いきって好《こう》意《い》に甘《あま》えてみるのもよくはないかと考えているところです。しかし、お母《かあ》さんがおいやなら、むろんよします。」

祖母は黙りこんでしまった。母は、そばでこの問答をきいていたが、相変《あいか》わらずほがらかな顔をしていた。僕はいよいよ母を尊敬《そんけい》したい気持ちになって来た。——しかし、僕自身、何と母に似ていないことだろう。そして何と祖母にばかり似ていることだろう。

八月二十五日

父は、朝飯をすますと、すぐ外出した。僕も、そのあと、朝倉先生をたずねた。村長になるのと養鶏をやるのと、先生はどちらに賛成されるか、尋《たず》ねてみたかったからである。

先生は、しかし、「村長も理想をもってやればおもしろいだろうね。」と言ったり、「養鶏のことはよくわからんが、家族みんなで働けておもしろいかもしれんよ。」と言ったりするだけで、どちらに賛成だかわからなかった。

午後は、俊三と天神裏にまた鮒《ふな》釣りに行った。今日は俊三も二尾《び》釣った。僕は五尾。

釣りをしながら、俊三に、村長と養鶏とどちらがいいか、とたずねてみたら、俊三は、「父さんが村長さんになるなんておかしいや。」と、ほんとうにおかしそうに笑った。

父が帰ったのは、夜十時すぎだった。父は、帰るとすぐ、祖母に、「話はあすにしましょう。」と言って、ねてしまった。

八月二十六日

朝食後、父は、

「お母さんさえおいやでなければ、やはり養鶏のほうにきめようかと思いますが、……」

と切りだした。祖母は、

「あたし一人で反対してもなりますまいしね。」

と、変に皮肉《ひにく》な返事をしたが、心から反対しているようには見えなかった。しかし、すぐそのあとで、

「やっぱり住居は大巻さんのほうかえ。」

と、それがあくまで不服《ふふく》らしかった。父は、

「実はそのことで、昨日はとくと大巻にも相談したんですが、ちょうどぐあいよく川

っぷちに空家《あきや》がありましたので、そこを借りたらということになりました。古い百姓家《ひゃくしょうや》ですが、相当広いうちです。」

するとと母が、

「あっ、そうそう。あの家がまだあいていましたわね。ちょうどあの裏に父の地所《じしょ》が少しばかりありますから、じゃあ、養鶏場もそこにしたらいいと思いますわ。」

と、めずらしくはしゃいだ口をきいた。

そのあと、相談はなめらかに進み、さっそく引越しの準備《じゅんび》にとりかかることになった。

僕は、急に気持ちが軽くなった。

しかし、いよいよ家財《かざい》道具の始末《しまつ》をやりだすと、六年まえに村の家が没落《ぼつらく》した時の光景《こうけい》がまざまざと思い出されて、妙《みょう》に悲しくなって来た。あの時の売《う》り立《た》てには、今から考えると、美しい鍔《つば》のついた刀《かたな》やら、蒔絵《まきえ》の箱《はこ》やら、掛軸《かけじく》やら、宝物《ほうもつ》らしいものがたくさんあったようだ。それにくらべると、今は何という貧弱さだろう。

そういえば、僕が正木の家に預けられたのは、あの売り立てのあった晩《ばん》だった。正木の祖父が、だしぬけに僕を預かると言った時のことは、今に忘れられない。その時には、なぜ祖父が僕を預かると言いだしたのかわからなかったが、今になってみると、よくわかる。――僕には、僕の気づかない危機が何度あったかしれないが、そのたびに僕を救ってくれた人があったのだ。

危機に誘《さそ》いこまれるのも運命、危機から救われるのも運命。そして、人間の運命の大部分を支配するものは愛憎《あいぞう》の波だ。僕は、すべての人間の運命のために、このことを忘れてはならない。しかし、愛憎そのものもまた運命だとすると、僕はどう考えていいかわからなくなる。

僕は、がらくたばかりのような家具を祖母にさしずされて棚《たな》からおろしながら、そんなことを考えた。

八月二十七日
今日も朝から家具の始末《しまつ》で忙《いそが》しかった。仏壇《ぶつだん》の取りかたづけにも手伝ったが、亡《な》くなった母の位牌《いはい》はもうかなり古びていた。寂しい色だった。僕は、汗《あせ》ばんだシャツの上から、それをちょっと胸に押《お》しあててみた。その時、縁側《えんがわ》で書類をよりわけていた父が僕のほうを見たが、すぐ眼をそらして、何とも言わなかった。
母は午後から、今度引越す家の掃除《そうじ》をしておくと言って、出かけていった。
あすはいよいよ引越しである。夜、父は近所にあいさつしてまわった。

八月二十八日

荷物は馬力《ばりき》三台で十分だった。昼まえにその積《つ》み込《こ》みを終わり、人夫たちといっしょに握《にぎ》り飯《めし》を食《く》った。父は、祖母に、俊三をつれて一足《ひとあし》先に行くようにすすめたが、祖母はなぜか自分は一番あとから行くと言ってきかなかった。それで父が俊三といっしょに先に行き、僕は祖母と二人であとに残ることになった。

二人が出て行くと、祖母はがらんとした家の中を一《ひと》わたり見てまわり、それから僕に戸じまりを命じた。

荷馬車が動きだしたのは一時すぎだった。いよいよ二度目の没落行《ぼつらくこう》だ。むろん家に未《み》練《れん》はない。ただ兄弟《きょうだい》三人が机《つくえ》をならべていた二階にかすかな愛着《あいちゃく》があるだけだ。その点では気が楽だった。しかし、祖母と二人、照りつける日の中を、荷馬車のあとから、汗と埃《ほこり》になって歩く姿《すがた》は、あまりにもみじめな没落行ではなかったろうか。

照りかわく
ほこり路《じ》に
七十路《ななそじ》の
人の影《かげ》

いともちいさし
ちさきまま
消えやらぬ
そのかげよ
愛憎《あいぞう》は
げにも果《は》てなし

僕は、歩きながら、こんな詩を作った。自分ながらいやな詩である。

こんどの家は、なるほど古い百姓家だ。しかし、すぐそばに北山から流れて来る水のきれいな小川がある。小川の土手《どて》には松《まつ》の並木《なみき》もある。近くに土橋《どばし》がかかっており、その袂《たもと》には栴檀《せんだん》の古木《こぼく》があるので、その橋を栴檀橋というのだそうだ。僕にはその名称も気に入った。それに家が古いといっても、建てかたはがんじょうで、土間《どま》はばかに広いし、おまけに総二階だ。二階に天井《てんじょう》がなく、煤《すす》けた藁屋根《わらやね》の裏がまる見えなのが欠点だが、その代わり、松並木や青田が広々と見渡《みわた》せる。町の店屋なんかよりいくら気持ちがいいかしれない。

大巻の祖母と徹太郎叔父《おじ》が手伝ってくれたので、道具は日のくれないうちにあらまし片づいた。夕食も大巻から運んでくれた。大巻の家までは、ほんの二、三分である。

八月二十九日

大巻の祖父が村の大工をつれて来て、父と養鶏場設計の相談をはじめた。母もそれにはめずらしく進んで自分の考えを述べた。父はこないだから読んでいた養鶏の本をひろげて、鶏舎《けいしゃ》の図面《ずめん》などを見ていたが、あまり意見をのべず、たいていは母の考えに従った。そして、「何事《なにごと》も経験だからな」と言った。祖母もそばで相談をきいていたが、あまり機嫌《きげん》はよくなかった。

八月三十日

朝、俊三と二人で土手をあるき、梅檀《せんだん》の古木を見に行った。思ったほど大きな木ではなかった。木の陰《かげ》に茶店《ちゃみせ》があったが、中から女の人が出て来て、

「あんたたちは本田さんの坊《ぼっ》ちゃんでしょう。」

と言った。そうだと答えると、

「まあおはいりなさい。」

と言って、駄菓子《だがし》などを盆《ぼん》にのせてくれた。横の壁《かべ》に「梅檀茶屋《せんだんちゃや》」という額《がく》がかかっ

ている。奥《おく》のほうにはかなりりっぱな座敷《ざしき》があるらしい。僕には、その女が何だか料理屋なんかにいる女のように見え、変なうちだという気がしたので、すぐ帰ろうとした。するとに、

「昨日《きのう》は主人が留守《るす》だったものですから、お手伝いもしませんですみませんでした。お母《かあ》さんによろしく言ってくださいね。」

と、駄菓子を袋《ふくろ》に入れて、無理に俊三の手に握《にぎ》らせた。

帰ってから、母にその話をすると、その茶店の主人が僕たちの家主《やぬし》だということだった。夫婦《ふうふ》とも百姓ぎらい、それに子供がないので、あんなところに茶店だか別荘《べっそう》だかわからない家を建てて、気楽に暮《く》らしているのだそうだ。

「あの小母《おば》さんは欲《よく》がなくておもしろい人だよ。だけど、気に障《さわ》るとだれにでもくってかかる人だから、用心してね。」

と母は言った。

兄とお浜《はま》とに引越しをした知らせを書く。まだ安心してはならないという気もしていたが、僕の手紙の文句はひとりでに明るくなってしまった。

夜はみんな大巻におよばれ。鰻《うなぎ》の蒲焼《かばや》きがたくさん出た。

八月三十一日

今日でいよいよ夏休みも終わる。休みのうちに家のことがひとまず片づいたのは大いによかった。学校がかなり遠くなったが、一時間ぐらい歩くのは何でもない、行きかえりには詩でも作ろうと思う。白鳥会の日に帰りが晩《おそ》くなるのがちょっと不便《ふべん》だが、それも大したことではない。

新しい出発だ。学校も、家庭も、そして僕自身の心も。

だが、この新しい出発にきっかけを作ってくれたものは何だろう。僕はそれを考えて今さらのように驚いた。春月亭《しゅんげつてい》のお内儀《かみ》が、いや、番頭《ばんとう》の肥田《ひだ》が、まもなく鶏《にわとり》に新しい卵を生ませようとしているのではないか！

「世に悪《あ》しきものなし」――僕は何かで見たそんな言葉を思い起こした。そして「摂《せっ》理《り》」のふしぎさについて詩を書いてみたいと思ったが、急にまとまりそうにもなかった。

一七　すべてよし

日記の抜《ぬ》き書《が》きはこの程度《ていど》で終わる。次郎は、ともかくもこうして、かなり明るい希望を抱《いだ》いて新学期を迎《むか》えることができた。そして、彼《かれ》のこの希望は、少なくとも父の新しい事業に関するかぎり、裏切られたとはいえなかったようである。

ぽつぽつとではあったが、鶏舎《けいしゃ》はしだいに拡張《かくちょう》され、その年の暮《く》れまでには、だいたい当初《とうしょ》のもくろみどおりのものが完成した。そして翌年の春には、どの鶏舎にも白色レグホンやミノルカがさわがしく走りまわるようになり、生まれる卵の数も日に日に多少ずつ殖《ふ》えて行った。また養鶏《ようけい》のほかに、菜園《さいえん》も耕《たがや》され、その一部には草花の種《たね》も蒔《ま》かれた。そして、おいおいには、広い土間《どま》や二階を利用して、養蚕《ようさん》もやってみたい、という話さえ出るようになったのである。

俊亮《しゅんすけ》とお芳《よし》とは、ほとんど朝から夕方までいっしょになって働いた。お芳は最初のうち、自分で煮炊《にた》きまでやっていたが、鶏舎の増築につれて次第《しだい》に手がまわらなくなり、とうとう、お金《かね》ちゃんという近所の小娘《こむすめ》を雇《やと》い入《い》れて、台所のことを手伝わせることにしたのだった。俊亮は、お芳といっしょに働きながら、彼女《かのじょ》にふしぎな能力があるのを発見して、驚《おどろ》くことがしばしばだった。彼女は何事《なにごと》にもとくべつに頭をつかって考えたりするふうはなかった。また、どんなに忙《いそが》しい時でも決して急ぐことがなく、足どりさえいつものとおりだった。それでいて、同じ鶏舎の仕事をやっても、俊亮よりはむだがなくて速いし、急所をはずしたことなどめったにない。彼女がいつも無口《むくち》でほがらかな顔をしているだけに、俊亮にはそれがいっそうふしぎに思えたのである。

(経験というものは恐《おそ》ろしいものだ。)

俊亮は、はじめのうち、そんなふうに思っていた。しかし、よくよく考えてみると、お芳のそうした能力は養鶏のことばかりにあらわれているのではない。これまでだって、べつに気をつかって整理しているようなふうでもないのに、箪笥《たんす》の中にせよ、戸棚《とだな》の中にせよ、いつもきちんと片づいており、お芳に任《まか》された限りは、どんな小さいものでも、そのありかがすぐわかった。気のきかない女だと他人にも思われ、自分でもそう信じているらしい彼女のどこに、そうした能力がひそんでいるのだろうか。俊亮はおりおりそんなことを考えて首をふった。そしてこのごろになって、彼はやっとそれを彼女の正直《しょうじき》さに帰《き》するようになったのである。

お芳は、実際、腹のどん底まで正直な女だった。その正直さが彼女の顔に無表情なほがらかさ――それはなみはずれて大きなえくぼのせいでもあったが――を与《あた》え、彼女の唇《くちびる》から自己弁護《じこべんご》のための饒舌《じょうぜつ》さを奪《うば》い、彼女を一見《いっけん》気のきかない女にしてしまったらしい。そして、もし彼女自身でも、自分を気のきかない女だと信じていたとすれば、それもやはり彼女の正直さのゆえだったにちがいないのである。

明敏《めいびん》という言葉と、愚鈍《ぐどん》という言葉とは、それぞれに二つの意味をもっており、その一つの意味では、神の国において同義語であり、もう一つの意味では、悪魔《あくま》の国において同義語であるが、お芳が世間《せけん》の眼《め》から見て愚鈍な女だったことに間違《まちが》いはないとしても、それはたしかに前者の意味においてであったのである。俊亮には、このごろはっきりとそれがわかって来た。

そして、もし次郎が、将来、愚鈍という言葉に二つの意味があるということを知る機会があるとしたら、彼は、彼の第二の母を、彼が現在尊敬《そんけい》しはじめている以上に、――あるいはおそらく朝倉《あさくら》先生を尊敬するのと同じ程度に――尊敬せずにはいられなくなるかもしれない。そして、そうした尊敬の念《ねん》が彼の心に湧《わ》いた時こそ、彼は、朝倉先生に学《まな》び得《え》た「白鳥芦花《ろか》に入る」精神や、「誠《まこと》」や、「円を描《えが》いて円を消す」心構《こころがま》えやらを、真に会得《えとく》することができるであろう。

筆《ふで》がつい横にそれてしまったが、俊亮のお芳に対する信頼《しんらい》は、そんなわけで、養鶏をはじめてから急に深まって行き、信頼が深まるにつれ、事業はいよいよ調子づいて来た。そして心配されていた恭一《きょういち》の学資も、最初の二、三か月こそ多少のやりくりを必要としたが、とにかく送るには送ったし、その後はまったく問題ではなくなって来た。恭一は、それでも不安だったのか、あるいは他《ほか》に何か考えがあったのか、やはり家庭教師をつづけていたらしかった。しかし、年末の休みに予告もなくひょっくり帰って来て、二、三日家の様子《ようす》を見ているうちに、すっかり安心したらしく、自分から次郎に言った。

「もう学資のために働くのはよすよ。これからは大沢《おおさわ》君とも相談して、べつの意味で働いてみたいと思っている。」

こんなふうで、次郎には何もかもが楽しくなって来た。そして、恭一のそうした言葉からの刺激《しげき》もあって、毎日学校から帰って来て鶏舎や畑の手伝いをするにしても、それを単なる手伝いとは考えず、自分自身の仕事として、その仕事のなかからできるだけ多くの意味をくみとろうとつとめた。それが、白鳥会における彼の存在を、徐々《じょじょ》にこれまでとはちがったものにしはじめたことはいうまでもない。彼は、鶏《にわとり》や野菜の話から、しばしば、生命についての彼のいろいろの感想を述べた。その中には、生命とその環境《かんきょう》とか、生命の自律性《じりつせい》と調和性とか、あるいは自然と道徳とかいったような問題にふれることも稀《まれ》ではなかった。ある時、彼は、「鶏でも野菜でも、はじめにいじけさすと、たいていは取りかえしがつかないものだ。」と言って、彼の経験した実例をいろいろと話していたが、ふと、これは自分のことを言っているのではないか、という気がして、急に口をつぐんでしまったことがあった。しかし、そんな時のいやな気持ちも、あとに尾《お》を引くというようなことは、このごろではもうまったくなくなっていた。そして、その理由を彼自身で反省してみて、やっぱりこれも環境のせいだ、というふうに考え、人知れず微笑《びしょう》したくらいだったのである。

　みんなが明るく、生き生きとなるにつれて、ただひとり、不機嫌《ふきげん》になるように思われたのは、お祖母《ばあ》さんだった。それは、いうまでもなく、お芳の家庭におけるこれまでのぼやけた存在が、日に日に鮮明《せんめい》なものになって来たからにちがいなかった。お芳としては、ただ正直に真心《まごころ》こめて働くだけのことだったが、その働きが効果をあらわせばあらわすほど、そしてそれが俊亮に認められれば認められるほど、お祖母さんとしては自分の影《かげ》がうすくなるような気がするのだった。恭一の学資の心配がなくなったのは、うれしいことにはちがいなかったが、それが恭一のことであるだけに、そのかげにお芳の力、ひいては大巻《おおまき》の力を認めないではいられないのが、たまらなくくやしかった。それも、大巻の家が遠方《えんぽう》にでもあればまだしも、すぐ目と鼻の間にあって、日に何回となく双方《そうほう》から行き来するので、いかにも自分ひとりが人質《ひとじち》にでもとられているような気がしてならなかったのである。

　お祖母さんのそうしたひがみは、何かにつけ、遠まわしの皮肉《ひにく》となってお芳の耳に刺《さ》さった。しかし、その痛みを感じたものは、お芳ではなくて、むしろ俊亮だった。しかもその俊亮でさえ、何もかも肚《はら》にのみこんで、表面では何《なに》ごともなかったような顔をしているので、お祖母さんとしてはいよいよもどかしくなり、その結果が、次郎と俊三《しゅんぞう》を相手に愚痴《ぐち》をこぼし、口《くち》ぎたなくお芳のかげ口を言うばかりか、俊亮を大の親不孝者とさえ呼ぶようになって来たのである。

次郎にとって、お祖母《ばあ》さんのそんな愚痴が愉快《ゆかい》なものでなかったことは、いうまでもない。しかし、それも今では、彼の日々の生活に大して暗い影をなげるというほどのものではなかった。どうせお祖母さんはこんな人だ、という諦《あきら》めに、いくぶんのあわれみの情をまじえて、不愉快ながらもその愚痴を辛抱《しんぼう》して聞いているといったふうであった。そのことでは、俊三のほうがいつもお祖母さんの機嫌《きげん》を損じた。俊三は、お祖母さんの愚痴がはじまると、てんからあざ笑ったり、正面から反対したり、途中《とちゅう》から逃《に》げだしたりすることが多かった。お祖母さんはそんな時には、次郎に向かって、「まだ俊三には何もわからないんだよ。」と嘆息《たんそく》するのだったが、次郎は、もし自分が俊三のような態度に出たら、お祖母さんはどんなふうに言うだろう、などと考え、心の中で苦笑《くしょう》しながら、やはりおしまいまで相手になってやるのだった。そして、そういうことから、お祖母さんは、何かにつけ次郎を身近《みぢか》に引きつけておきたがり、はた目《め》には、お祖母さんの愛が次第《しだい》に次郎に移って行くのではないかとさえ思えるのだった。

その間の消息について、次郎は、ある日の日記——それは、もう彼が四年に進級してからかなりたったころの日記であるが、——の中にこんなことを書いている。

「今日《きょう》も、学校から帰ると、祖母が待ちかねたように愚痴をこぼしはじめた。何でも大巻の祖父がやって来て、今月は先月にくらべ、卵の収穫が三百あまりも殖《ふ》えたそうで結構《けっこう》だ、と喜びを言ったのがいけなかったらしい。祖母は、みんなが卵の数を自分には知らさないで、大巻にだけ知らしているんだ、というのである。あまりばかばかしいので、つい笑いだしたくなったが、やはりがまんしてきいてやることにした。しかし、そのために、夕飯の時にみんなのまえで〝次郎は小さいとき里子《さとご》に行って苦労しただけに、兄弟《きょうだい》のうちでだれよりも物の道理《どうり》がわかっている。〟などと言われたのには、僕《ぼく》もさすがに冷汗《ひやあせ》が出た。

それにしても、自分の最も愛していない相手に同情を求め、自分の最も讃《ほ》めたくない相手を強《し》いて讃めて、どうなり自分を慰《なぐさ》めていなければならない人間ほど、みじめな存在はないだろう。

僕は、そうしたみじめさから祖母を救うことが、僕自身の正しい道だと考えないことはない。しかし、また一方では、みじめさをみじめさのままにして、少しもそれに触《ふ》れないでおくことが、祖母のような性格と年齢《ねんれい》の人を、かえって幸福にするのではないかとも考える。」

この日記を書いてから数日たって白鳥会があり、その席で「妥協《だきょう》」ということが問題になったらしく、彼はそれについていろいろと自分の感想を日記につらねているが、最後に次のようなことを書いている。

「祖母の問題についても、僕はもっと深く考えてみなければならない。これまで、僕はいいかげんに現実と妥協して来たようだ。祖母のみじめさをみじめさのままにして触れないでおき、それを祖母自身の幸福のためだ、などと考えるのが妥協でなくて何であろう。妥協は、おたがいに真実の愛を感じないものの間にのみ常に成り立つ。その意味で、妥協はたしかに虚偽《きょぎ》だ。……だが、真実の愛はどうすれば湧《わ》いて来るのか、僕にはそれがわからない。僕はただそれを「摂理《せつり》」に祈《いの》るほかはないのだ。そして、真実の愛がまだ湧いていないとすれば、それが湧くまでは、妥協のほかに道はないのではないか。なぜなら、真実の愛もなく妥協もないところには、ただ破壊《はかい》のみが残されているからだ。白鳥会では、妥協よりもむしろ破壊を選ぶといった意見のほうが多かった。しかし、僕はそれが単に痛快だからとか、虚偽でないからとかいうだけで賛成するわけにはいかない。少なくとも、僕と祖母とに関する限り、破壊が妥協よりもまさっているとは決していえないようだ。それは、破壊がはっきりと建設を約束《やくそく》してくれないからばかりでなく、僕自身の気持ちにおいて何か忍《しの》びないものを感ずるからだ。……これは、僕の心のどこかに卑怯《ひきょう》の虫が巣食《すく》っているせいだろうか。あるいはそうかもしれない。しかし僕としては、今はほかに行く道はないようだ。考えてみると、祖母もみじめだが、僕もそれに劣《おと》らずみじめなのだ。呪《のろ》われたる運命よ。」

　次郎の日記は、かように、お祖母《ばあ》さんとの問題になると、とかく同じところをぐるぐるまわって、落ちつきのない感傷《かんしょう》に終わり、運命を呪《のろ》ってみたりする。それだけに、お祖母さんが依然《いぜん》として彼の心に一つのしみを与えていたことはたしかである。しかし、それも、今では彼の生活そのもののしみというよりは、もっと現実をはなれた、いわば思索《しさく》の祭壇《さいだん》に捧《ささ》げられた黒い花束みたようなものだったのである。事実、彼の日々の生活は、お祖母さんに愚痴《ぐち》を聞かされるわずかの時間をのぞけば、「呪われた運命」などとはおよそ縁《えん》の遠い、のびのびとしたものであった。お祖母さんとの関係について日記に感傷的な文句《もんく》をつらねている時でさえ、彼は、それに悩《なや》まされて暗い気持ちになっているというよりは、むしろ道義の世界における探検者としてのある喜びを感じていたかのようであった。

こうして、彼は、父の鶏舎《けいしゃ》や畑を手伝いながら、身も心も張りきって、中学三年から四年にかけての約一年半をすごしたが、その一年半こそは、彼のこれまでの生活の中で最もなが続きのした明るい生活であった。そして、一生のこの時期に、そうした生活を恵まれたということは、ただちに彼の身長にまで影響《えいきょう》を及《およ》ぼした。彼が幼年時代に自分のちびであるのをひどく恥《は》じていたことは、多分まだ読者の記憶《きおく》にも残っていることだと思うが、この羞恥感《しゅうちかん》は、その後の彼の内面生活の変化とともに、いくらかずつうすらいで行ったとはいえ、中学三年の一学期ごろまでは、まだ完全にぬぐい去られていたとはいえなかった。というのは、体操の時間にいつも一番びりに並《なら》ばされたり、友だちに「君《きみ》は弟より背《せ》が低いのではないか」と言われたりすることは、この年ごろの青年としては、まったく無関心ではあり得《え》ないからである。ところが、その二学期も終わりに近づくころから、――言いかえると、父が養鶏事業をはじめて三月《みつき》ほどもたったころから、――彼の身長は急にのびだし、まもなく俊三をぬいたばかりか、三年から四年に進級したころには、組の生徒を十人ほどもぬいてしまい、四年の夏休みがすんだあとの身体検査では、ちょうど組の真中《まんなか》ぐらいのところまで進んでしまったのである。このことについては、次郎は彼の日記に一言《ひとこと》もかいていない。しかし、彼にとってそれは決してどうでもいいことではなかった。というのは、まず第一に、俊亮やお芳や大巻一家がそれを非常に喜んでくれたし、家主《やぬし》である栴檀橋《せんだんばし》の茶屋の小母《おば》さんが、それでやっと彼を俊三の兄だと確認するようになったし、そして彼自身としては、物《もの》ごとが何もかも自然で正常の状態に帰りつつあるように感じ、いよいよ「摂理」の詩を書いてみたい衝動《しょうどう》にかられて来たからである。

だが、次郎はまだやはり「摂理」の詩を書くには若すぎていた。「摂理」は、次郎をして真に「摂理」を礼讃《らいさん》せしめるために、なおいろいろと彼のために準備《じゅんび》してやらなければならないことがあったのである。その準備の一つは、すでに彼の一家が今度《こんど》の家に引きこしてまもなくからはじまっていたが、それは大巻の徹太郎叔父《てつたろうおじ》の結婚《けっこん》を機縁《きえん》にしたものであった。

徹太郎の結婚式は、俊亮の鶏舎が完成して、ひととおりの落ちつきを見せるのを待ちかねていたかのように、歳暮《くれ》にせまって行なわれた。迎《むか》えられたのは隣村《となりむら》の重田《しげた》という旧家《きゅうか》の娘で、名を敏子《としこ》といった。敏子には父母のほかに、兄が一人と妹が一人あり、二人とも結婚式にはむろんつらなっていたが、次郎が、式場にならんだ花嫁方《はなよめがた》の親類の顔の中で、真先《まっさき》に覚えたのは、この二人の顔だったのである。それは、兄のほうは大学の制服をつけていたからにちがいなかった。しかし、妹のほうについては、なぜだか次郎自身にもはっきりしなかった。同じ年ごろ——十五、六歳《さい》——の着飾《きかざ》った娘はほかにも

二、三人いたし、顔だちにしても、その中で特に目《め》だっていたというのでもなかったが、次郎の眼には、ふしぎに彼女の顔だけがはっきり映《うつ》ったのである。ただ、これは次郎があとになってそんな気がしたのであるが、彼女の顔はどこかで見たことのあるような顔だった。少なくとも、どこかで見たことのある顔に似ている顔だった。それが一眼《ひとめ》で彼女の顔を次郎に印象づけた理由だったかもしれない。次郎自身でも、式のすんだあと、数日の間、たびたび彼女の顔を思いうかべているうちに、そういうことにきめてしまったらしいのである。

さて、それはそれでいいとして、次郎はなぜそうたびたび彼女の顔を思い出さなければならなかったのか。それについては、彼自身少しも考えてみようとはしなかった。そしてそこに運命のいたずらな、——あるいは摂理の不可思議な——奥《おく》の手《て》があったのかもしれない。

道江《みちえ》——それが彼女の名であった——は、女学校の二年に通っていた。彼女は姉の結婚式後、しばらく大巻の家に顔を見せなかったが、正月をむかえてからはたびたび一人で来るようになり、ことに、学校がはじまると、その帰りには、よく寄り道をして、ちょっとでも姉に会って行くといったぐあいであった。そして大巻に来ると、三度に一度は本田《ほんだ》にも寄り、時には母に言いつかったと言って、卵をゆずってもらったりすることもあった。そんなふうで、次郎や俊三も、いつのまにか彼女と親しく言葉をかわすようになり、大巻の家でいっしょにご飯《はん》をよばれたりすることも、まれではなかった。

彼女には、これといって目《め》だった特徴《とくちょう》はなかった。「すなおな子」というのが、彼女に対する本田や大巻の人たちの一致《いっち》したほめ言葉であった。それにはお祖母《ばあ》さんも心から同意していたらしく、俊亮にむかって、おりおり「年ごろも恭一にちょうどいいようだね。」などと言ったりした。

次郎は、お祖母さんのそんな言葉を耳にしても、はじめのうちは、べつにどうという感じも起こらなかった。ただ、ぼんやり、彼女を家族の一員として迎えることにある喜びを感ずる、という程度でしかなかった。そして、彼が彼女を知ってから、およそ一年ばかりもたったころには、彼は現実にも、また夢《ゆめ》の中でも、彼女に自分の好きな本を貸してやったり、またその内容について話しあったりするほどに彼女との親しさを加えていたとはいえ、もし彼が、彼女の身辺につきまとっている一人の青年のいまわしい眼を発見しなかったとすれば、彼の彼女に対する感情は、彼の日記の中で、「聡明《そうめい》で静かな少女」という文字を書いたり消したりした程度にとどまっていたのかもしれない。そして、かりに何年かの後に、お祖母さんの希望どおり、彼女と恭一との結婚が事実となってあらわれたとしても、もし彼がどこかの上級学校にでもはいっていれば、そこから彼は、過去の思い出からしみ出る言いしれぬ寂《さび》しさを胸に抱《いだ》きつつも、恭一にあてて心をこめた祝賀の手紙を書くことができたであろう。

だが、「運命」と「愛」と「永遠」とは、おたがいに完全な握手《あくしゅ》ができるまでは、決して中途半端《ちゅうとはんぱ》な握手はしないものである。「運命」の手は、まだ容易《ようい》に次郎を「永遠」の手に渡《わた》したがらない。「愛」もまた彼のまえにさまざまの迷路《めいろ》を用意している。次郎が、一青年のいまわしい眼を道江の身辺に発見したということは、それがあとになって彼自身に「無計画の計画」と感じられようと、あるいは「摂理」の至妙《しみょう》な計画と感じられようと、彼が「永遠」の門をくぐるために、一度は耐《た》えなければならない試練だったのである。私は、これから、次郎がどんなぐあいにその試練にたえていったかを物語りたいと思う。

しかし、次郎がたえて行かなければならない試練は、ただそれだけではなかった。実は、彼の前にはすでに、そうしたわたくし事《ごと》とはくらべものにならない、大きな試練が待ちかまえていたのである。それは「時代」の試練であった。次郎という個人にだけでなく、国家と民族とにおもおもしくのしかかって来る「時代」の試練であった。私は、これまで、次郎が、家庭や、学校や、せまい範囲《はんい》の師友《しゆう》の間に生活する姿《すがた》だけを記録して来たが、彼がそうした大きな時代を迎えることになったとすれば、そして、とりわけ、時代というものに最も敏感《びんかん》であり、情熱的であるべき年齢において、それを迎えることになったとすれば、私は、もはや、時代をぬきにして彼を描《えが》くわけにはいかない。かりに、道江を中心とした問題が、本来、時代とはかかわりのない大きな浪《なみ》であったとしても、それが、事実、いっそう大きな、ほとんど無限ともいうべき大きな時代の浪の中での一波瀾《ひとはらん》であったとすれば、単にそれだけを切りはなして描いただけでは、彼のほんとうの生活を描いたことにならないであろう。私は、だから、この二つの浪を同時に描かなければならない。いや、一つの浪をもう一つの浪の中にとらえ、その浪がしらに漂《ただよ》う次郎の眼と、唇《くちびる》と、呼吸と心臓と、手足の動きとをつぶさに記録して行かなければならないのである。しかし、それにはまだかなりの時間と紙とがいる。で、私は、読者が次郎を気づかうあまり、気短かすぎる読者にならないことを切《せつ》に希望して、ひとまず次郎の青年前期の記録をここで終わりたいと思うのである。

〔編集付記〕

一、本書の編集にあたっては、『次郎物語　第一部〜第五部』(新小山文庫、一九五〇)、『定本　次郎物語』(池田書店、一九五八)、角川文庫版(一九七一)、『下村湖人全集』(国土社、一九七五)の1〜3巻、新潮文庫版(一九八七)などの既刊の諸本を校合のうえ本文を決定した。

二、漢字、仮名づかいは、新字体・新仮名づかいに統一した。

三、今日ではその表現に配慮する必要のある語句もあるが、作品が発表された年代の状況に鑑み、原文通りとした。

(岩波文庫編集部)

次郎《じろう》物語《ものがたり》（三）〔全5冊〕

2020年7月14日　第1刷発行

作　者　下村湖人《しもむらこじん》

発行者　岡本　厚

発行所　株式会社　岩波書店
〒101-8002 東京都千代田区一ツ橋2-5-5
案内 03-5210-4000　営業部 03-5210-4111
文庫編集部 03-5210-4051
https://www.iwanami.co.jp/

印刷・三陽社　カバー・精興社　製本・中永製本

ISBN 978-4-00-312253-2　Printed in Japan

読書子に寄す

―岩波文庫発刊に際して―

岩波茂雄

真理は万人によって求められることを自ら欲し、芸術は万人によって愛されることを自ら望む。かつては民を愚昧ならしめるために学芸が最も狭き堂宇に閉鎖されたことがあった。今や知識と美とを特権階級の独占より奪い返すことはつねに進取的なる民衆の切実なる要求である。岩波文庫はこの要求に応じそれに励まされて生まれた。それは生命ある不朽の書を少数者の書斎と研究室とより解放して街頭にくまなく立たしめ民衆に伍せしめるであろう。近時大量生産予約出版の流行を見る。その広告宣伝の狂態はしばらくおくも、後代にのこすと誇称する全集がその編集に万全の用意をなしたるか。千古の典籍の翻訳企図に敬虔の態度を欠かざりしか。さらに分売を許さず読者を繫縛して数十冊を強うるがごとき、はたしてその揚言する学芸解放のゆえんなりや。吾人は天下の名士の声に和してこれを推挙するに躊躇するものである。このときにあたって、岩波書店は自己の責務のいよいよ重大なるを思い、従来の方針の徹底を期するため、すでに十数年以前より志して来た計画を慎重審議この際断然実行することにした。吾人は範をかのレクラム文庫にとり、古今東西にわたって文芸・哲学・社会科学・自然科学等種類のいかんを問わず、いやしくも万人の必読すべき真に古典的価値ある書をきわめて簡易なる形式において逐次刊行し、あらゆる人間に須要なる生活向上の資料、生活批判の原理を提供せんと欲する。この文庫は予約出版の方法を排したるがゆえに、読者は自己の欲する時に自己の欲する書物を各個に自由に選択することができる。携帯に便にして価格の低きを最主とするがゆえに、外観を顧みざるも内容に至っては厳選最も力を尽くし、従来の岩波出版物の特色をますます発揮せしめようとする。この計画たるや世間の一時の投機的なるものと異なり、永遠の事業として吾人は微力を傾倒し、あらゆる犠牲を忍んで今後永久に継続発展せしめ、もって文庫の使命を遺憾なく果たさしめることを期する。芸術を愛し知識を求むる士の自ら進んでこの挙に参加し、希望と忠言とを寄せられることは吾人の熱望するところである。その性質上経済的には最も困難多きこの事業にあえて当たらんとする吾人の志を諒として、その達成のため世の読書子とのうるわしき共同を期待する。

昭和二年七月

《日本文学(現代)》〔緑〕

- 怪談 牡丹燈籠　三遊亭円朝
- 真景累ヶ淵　三遊亭円朝
- 塩原多助一代記　三遊亭円朝
- 小説神髄　坪内逍遥
- 当世書生気質　坪内逍遥
- 役の行者　坪内逍遥
- ウィタ・セクスアリス　森鷗外
- 青年　森鷗外
- 山椒大夫・高瀬舟 他四篇　森鷗外
- 渋江抽斎　森鷗外
- 妄想 他三篇　森鷗外
- 舞姫・うたかたの記 他三篇　森鷗外
- ファウスト 全二冊　森林太郎訳
- みれん　シュニッツラー　森鷗外訳
- 森鷗外 椋鳥通信 全三冊　池内紀編注
- 浮雲　二葉亭四迷　十川信介校注

- 其面影　二葉亭四迷
- 今戸心中 他二篇　広津柳浪
- 河内屋・黒蜴蜓 他一篇　広津柳浪
- 野菊の墓 他四篇　伊藤左千夫
- 漱石文芸論集　磯田光一編
- 吾輩は猫である　夏目漱石
- 坊っちゃん　夏目漱石
- 草枕　夏目漱石
- 虞美人草　夏目漱石
- 三四郎　夏目漱石
- それから　夏目漱石
- 門　夏目漱石
- 彼岸過迄　夏目漱石
- 行人　夏目漱石
- こころ　夏目漱石
- 硝子戸の中　夏目漱石
- 道草　夏目漱石

- 明暗　夏目漱石
- 思い出す事など 他七篇　夏目漱石
- 文学評論 全二冊　夏目漱石
- 夢十夜 他二篇　夏目漱石
- 漱石文明論集　三好行雄編
- 倫敦塔・幻影の盾 他五篇　夏目漱石
- 漱石日記　平岡敏夫編
- 漱石書簡集　三好行雄編
- 漱石俳句集　坪内稔典編
- 漱石・子規往復書簡集　和田茂樹編
- 文学論 全二冊　夏目漱石
- 坑夫　夏目漱石
- 漱石紀行文集　藤井淑禎編
- 二百十日・野分　夏目漱石
- 五重塔　幸田露伴
- 運命 他一篇　幸田露伴
- 努力論　幸田露伴

幻談・観画談 他三篇	幸田露伴
連環記 他一篇	幸田露伴
天うつ浪 全二冊	幸田露伴
子規句集	高浜虚子選
病牀六尺	正岡子規
子規歌集	土屋文明編
墨汁一滴	正岡子規
仰臥漫録	正岡子規
歌よみに与ふる書	正岡子規
獺祭書屋俳話・芭蕉雑談	正岡子規
金色夜叉 全二冊	尾崎紅葉
三人妻	尾崎紅葉
二人比丘尼 色懺悔	尾崎紅葉
不如帰	徳冨蘆花
謀叛論 他六篇 日記	徳冨健次郎 中野好夫編
北村透谷選集	北村透谷 勝本清一郎校訂
武蔵野	国木田独歩

愛弟通信	国木田独歩
蒲団・一兵卒	田山花袋
田舎教師	田山花袋
東京の三十年	田山花袋
藤村詩抄	島崎藤村自選
破戒	島崎藤村
春	島崎藤村
千曲川のスケッチ	島崎藤村
桜の実の熟する時	島崎藤村
新生 全二冊	島崎藤村
夜明け前 全四冊	島崎藤村
藤村随筆集	十川信介編
生ひ立ちの記 他一篇	島崎藤村
にごりえ・たけくらべ	樋口一葉
大つごもり・十三夜 他五篇	樋口一葉
高野聖・眉かくしの霊	泉鏡花
歌行燈	泉鏡花

夜叉ケ池・天守物語	泉鏡花
草迷宮	泉鏡花
春昼・春昼後刻	泉鏡花
鏡花短篇集	川村二郎編
日本橋	泉鏡花
婦系図 全二冊	泉鏡花
外科室・海城発電 他五篇	泉鏡花
鏡花随筆集	吉田昌志編
化鳥・三尺角 他六篇	泉鏡花
鏡花紀行文集	田中励儀編
俳諧師・続俳諧師	高浜虚子
泣菫詩抄	薄田泣菫
有明詩抄	蒲原有明
上田敏全訳詩集	山内義雄 矢野峰人編
赤彦歌集	斎藤茂吉 久保田不二子選
宣言	有島武郎
小さき者へ・生れ出ずる悩み	有島武郎

一房の葡萄 他四篇	有島武郎
ホイットマン詩集 草の葉	有島武郎選訳
寺田寅彦随筆集 全五冊	小宮豊隆編
柿の種	寺田寅彦
与謝野晶子歌集	与謝野晶子自選
与謝野晶子評論集	鹿野政直 香内信子編
私の生い立ち	与謝野晶子
入江のほとり 他一篇	正宗白鳥
つゆのあとさき	永井荷風
濹東綺譚	永井荷風
荷風随筆集 全二冊	野口冨士男編
おかめ笹	永井荷風
摘録 断腸亭日乗 全二冊	永井荷風 磯田光一編
すみだ川・新橋夜話 他一篇	永井荷風
あめりか物語	永井荷風
江戸芸術論	永井荷風
ふらんす物語	永井荷風
煤煙	森田草平
斎藤茂吉歌集	山口茂吉 柴生田稔 佐藤佐太郎編
桑の実	鈴木三重吉
小鳥の巣	鈴木三重吉
千鳥 他四篇	鈴木三重吉
鈴木三重吉童話集	勝尾金弥編
小僧の神様 他十篇	志賀直哉
万暦赤絵 他二十二篇	志賀直哉
暗夜行路 全二冊	志賀直哉
志賀直哉随筆集	高橋英夫編
高村光太郎詩集	高村光太郎
白秋愛唱歌集	藤田圭雄編
北原白秋歌集	高野公彦編
北原白秋詩集 全二冊	安藤元雄編
フレップ・トリップ	北原白秋
野上弥生子随筆集	竹西寛子編
お目出たき人・世間知らず	武者小路実篤
友情	武者小路実篤
釈迦	武者小路実篤
銀の匙	中勘助
犬 他一篇	中勘助
中勘助詩集	谷川俊太郎編
若山牧水歌集	伊藤一彦編
新編 みなかみ紀行	若山牧水 池内紀編
新編 啄木歌集	久保田正文編
時代閉塞の現状・食うべき詩 他十篇	石川啄木
蓼喰う虫	谷崎潤一郎 小出楢重画
春琴抄・盲目物語	谷崎潤一郎
吉野葛・蘆刈	谷崎潤一郎
卍（まんじ）	谷崎潤一郎
幼少時代	谷崎潤一郎
谷崎潤一郎随筆集	篠田一士編
多情仏心 全二冊	里見弴
道元禅師の話	里見弴

今年竹 全二冊	里見弴
萩原朔太郎詩集	三好達治選
郷愁の詩人 与謝蕪村	萩原朔太郎
猫町 他十七篇	萩原朔太郎 清岡卓行編
恩讐の彼方に・忠直卿行状記 他八篇	菊池寛
父帰る・藤十郎の恋 菊池寛戯曲集	石割透編
河明り 老妓抄 他一篇	岡本かの子
春泥・花冷え	久保田万太郎
大寺学校 ゆく年	久保田万太郎
或る少女の死まで 他二篇	室生犀星
室生犀星詩集	室生犀星自選
犀星王朝小品集	室生犀星
出家とその弟子	倉田百三
愛と認識との出発	倉田百三
神経病時代・若き日	広津和郎
羅生門・鼻・芋粥・偸盗	芥川竜之介
地獄変・邪宗門・好色・藪の中 他七篇	芥川竜之介
河童 他二篇	芥川竜之介
奉教人の死・煙草と悪魔 他十一篇	芥川竜之介
歯車 他二篇	芥川竜之介
蜘蛛の糸・杜子春・トロッコ 他十七篇	芥川竜之介
或日の大石内蔵之助・枯野抄 他十二篇	芥川竜之介
芭蕉雑記・西方の人 他七篇	芥川竜之介
侏儒の言葉・文芸的な、余りに文芸的な	芥川竜之介
芥川竜之介随筆集	石割透編
蜜柑・尾生の信 他十八篇	芥川竜之介
年末の一日・浅草公園 他十七篇	芥川竜之介
芥川竜之介紀行文集	山田俊治編
田園の憂鬱	佐藤春夫
都会の憂鬱	佐藤春夫
日輪・春は馬車に乗って 他八篇	横光利一
上海	横光利一
旅愁 全二冊	横光利一
宮沢賢治詩集	谷川徹三編
童話集 風の又三郎 他十八篇	宮沢賢治 谷川徹三編
童話集 銀河鉄道の夜 他十四篇	宮沢賢治 谷川徹三編
山椒魚・遙拝隊長 他七篇	井伏鱒二
川釣り	井伏鱒二
太陽のない街	徳永直
伊豆の踊子・温泉宿 他四篇	川端康成
雪国	川端康成
川端康成随筆集	川西政明編
詩を読む人のために	三好達治
梨の花	中野重治
夏目漱石 全三冊	小宮豊隆
社会百面相 全二冊	内田魯庵
新編 思い出す人々	内田魯庵 紅野敏郎編
檸檬《レモン》・冬の日 他九篇	梶井基次郎
蟹工船 一九二八・三・一五	小林多喜二
独房・党生活者	小林多喜二
風立ちぬ・美しい村	堀辰雄

富嶽百景・走れメロス 他八篇　太宰治
斜陽 他一篇　太宰治
人間失格 グッド・バイ 他一篇　太宰治
津軽　太宰治
お伽草紙・新釈諸国噺　太宰治
真空地帯　野間宏
日本唱歌集　堀内敬三・井上武士編
日本童謡集　与田凖一編
至福千年　石川淳
近代日本人の発想の諸形式 他四篇　伊藤整
小説の方法　伊藤整
小説の認識　伊藤整
中原中也詩集　大岡昇平編
ランボオ詩集　中原中也訳
小熊秀雄詩集　岩田宏編
風浪・蛙昇天 —木下順二戯曲選Ⅰ　木下順二
子午線の祀り 沖縄 他一篇 —木下順二戯曲選Ⅳ　木下順二

元禄忠臣蔵 全二冊　真山青果
玄朴と長英 他三篇　真山青果
随筆滝沢馬琴　真山青果
旧聞日本橋　長谷川時雨
新編 近代美人伝 全二冊　長谷川時雨・杉本苑子編
土屋文明歌集　土屋文明自選
古句を観る　柴田宵曲
俳諧随筆 蕉門の人々　柴田宵曲
評伝 正岡子規　柴田宵曲
新編 俳諧博物誌　柴田宵曲・小出昌洋編
随筆集 団扇の画　柴田宵曲・小出昌洋編
子規居士の周囲　柴田宵曲
小説集 夏の花　原民喜
原民喜全詩集
いちご姫・蝴蝶 他二篇　山田美妙・十川信介校訂
貝殻追放抄　水上滝太郎
銀座復興 他三篇　水上滝太郎

鏑木清方随筆集 東京の四季　山田肇編
随筆集 明治の東京　鏑木清方・山田肇編
柳橋新誌　成島柳北・塩田良平校訂
島村抱月文芸評論集　島村抱月
立原道造・堀辰雄翻訳集 —林檎みのる頃・窓
野火／ハムレット日記　大岡昇平
中谷宇吉郎随筆集　樋口敬二編
雪　中谷宇吉郎
伊東静雄詩集　杉本秀太郎編
冥途・旅順入城式　内田百閒
東京日記 他六篇　内田百閒
佐藤佐太郎歌集　佐藤志満編
西脇順三郎詩集　那珂太郎編
草野心平詩集　入沢康夫編
大手拓次詩集　原子朗編
山岳紀行文集 日本アルプス　小島烏水・近藤信行編
雪中梅　末広鉄腸・小林智賀平校訂

宮柊二歌集　宮英子・高野公彦編
山の絵本　尾崎喜八
新編 山と渓谷　田部重治・近藤信行編
日本児童文学名作集 全二冊　桑原三郎・千葉俊二編
山月記・李陵 他九篇　中島敦
眼中の人　小島政二郎
新選 山のパンセ　串田孫一自選
新美南吉童話集　千葉俊二編
岸田劉生随筆集　酒井忠康編
摘録 劉生日記　岸田劉生・酒井忠康編
量子力学と私　朝永振一郎・江沢洋編
科学者の自由な楽園　朝永振一郎・江沢洋編
書物　森銑三・柴田宵曲
新編 明治人物夜話　森銑三・小出昌洋編
自註鹿鳴集　会津八一
窪田空穂随筆集　大岡信編
わが文学体験　窪田空穂

窪田空穂歌集　大岡信編
明治文学回想集 全二冊　十川信介編
暢気眼鏡 虫のいろいろ 他十三篇　尾崎一雄・高橋英夫編
梵雲庵雑話　淡島寒月
森鷗外の系族　小金井喜美子
新編 学問の曲り角　河野与一・原二郎編
碧梧桐俳句集　栗田靖編
新編 春の海 ―宮城道雄随筆集　千葉潤之介編
林芙美子紀行集 下駄で歩いた巴里　立松和平編
放浪記　林芙美子
山の旅 全二冊　近藤信行編
日本近代文学評論選 全二冊　千葉俊二・坪内祐三編
観劇偶評　三木竹二・渡辺保編
食道楽 全二冊　村井弦斎
酒道楽　村井弦斎
文楽の研究 全二冊　三宅周太郎
五足の靴　五人づれ

尾崎放哉句集　池内紀編
リルケ詩抄　茅野蕭々訳
ぷえるとりこ日記　有吉佐和子
江戸川乱歩短篇集　千葉俊二編
怪人二十面相・青銅の魔人　江戸川乱歩
少年探偵団・超人ニコラ　江戸川乱歩
江戸川乱歩作品集 全三冊　浜田雄介編
堕落論・日本文化私観 他二十二篇　坂口安吾
桜の森の満開の下・白痴 他十二篇　坂口安吾
風と光と二十の私と・いずこへ 他十六篇　坂口安吾
久生十蘭短篇選　川崎賢子編
墓地展望亭・ハムレット 他六篇　久生十蘭
六白金星・可能性の文学 他十一篇　織田作之助
夫婦善哉 正続 他十二篇　織田作之助
わが町・青春の逆説　織田作之助
歌の話・歌の円寂する時 他一篇　折口信夫
死者の書・口ぶえ　折口信夫

釈迢空歌集　折口信夫／富岡多惠子編
折口信夫古典詩歌論集　藤井貞和編
汗血千里の駒　坂本龍馬君之伝　坂崎紫瀾／林原純生校注
山川登美子歌集　今野寿美編
日本近代短篇小説選　全六冊　紅野敏郎・紅野謙介／千葉俊二・宗像和重／山田俊治編
自選谷川俊太郎詩集
訳詩集 月下の一群　堀口大學訳
訳詩集 白孔雀　西條八十訳
茨木のり子詩集　谷川俊太郎選
第七官界彷徨・琉璃玉の耳輪 他四篇　尾崎翠
大江健三郎自選短篇
M/Tと森のフシギの物語　大江健三郎
キルプの軍団　大江健三郎
辻征夫詩集　谷川俊太郎編
明治詩話　木下彪
石垣りん詩集　伊藤比呂美編
漱石追想　十川信介編

芥川追想　石割透編
自選大岡信詩集
うたげと孤心　大岡信
日本の詩歌 その骨組みと素肌　大岡信
日本近代随筆選 全三冊　千葉俊二／長谷川郁夫／宗像和重編
尾崎士郎短篇集　紅野謙介編
山之口貘詩集　高良勉編
原爆詩集　峠三吉
近代はやり唄集　倉田喜弘編
竹久夢二詩画集　石川桂子編
まど・みちお詩集　谷川俊太郎編
山頭火俳句集　夏石番矢編
二十四の瞳　壺井栄
幕末の江戸風俗　塚原渋柿園／菊池眞一編
詩の誕生　大岡信／谷川俊太郎
鹿児島戦争記 ―実録 西南戦争　篠田仙果／松本常彦校注
東京百年物語 一八六八～一九〇九 全三冊　ロバート キャンベル／十重田裕一／宗像和重編

三島由紀夫紀行文集　佐藤秀明編
若人よ蘇れ・黒蜥蜴 他一篇　三島由紀夫
吉野弘詩集　小池昌代編
開高健短篇選　大岡玲編
色ざんげ　宇野千代

《日本文学(古典)》〔黄〕

古事記　倉野憲司校注
記紀歌謡集　武田祐吉校註
日本書紀　全五冊　坂本太郎・家永三郎・井上光貞・大野晋校注
万葉集　全五冊　佐竹昭広・山田英雄・工藤力男・大谷雅夫・山崎福之校注
原文万葉集　全二冊　佐竹昭広・山田英雄・工藤力男・大谷雅夫・山崎福之校注
竹取物語　阪倉篤義校訂
伊勢物語　大津有一校注
玉造小町子壮衰書 —小野小町物語　杤尾武校注
古今和歌集　佐伯梅友校注
土左日記　紀貫之　鈴木知太郎校注
蜻蛉日記　今西祐一郎校注
源氏物語　全九冊(既刊四冊)　柳井滋・室伏信助・大朝雄二・鈴木日出男・藤井貞和・今西祐一郎校注
枕草子　池田亀鑑校訂
和泉式部日記　清水文雄校注
和泉式部集・和泉式部続集　清水文雄校注
更級日記　西下経一校注

今昔物語集　全四冊　池上洵一編
三条西家本　栄花物語　全三冊　三条西公正校訂
堤中納言物語　大槻修校注
西行全歌集　久保田淳・吉野朋美校注
梅沢本　古本説話集　川口久雄校訂
後撰和歌集　松田武夫校訂
古語拾遺　斎部広成撰　西宮一民校注
王朝物語秀歌選　全二冊　樋口芳麻呂校注
倭漢朗詠集　山田孝雄校訂
落窪物語　藤井貞和校注
新訂　方丈記　市古貞次校注
新訂　新古今和歌集　佐佐木信綱校訂
金槐和歌集　源実朝　斎藤茂吉校訂
新訂　徒然草　西尾実・安良岡康作校注
平家物語　全四冊　梶原正昭・山下宏明校注
神皇正統記　北畠親房　岩佐正校注
御伽草子　全二冊　市古貞次校注

王朝秀歌選　樋口芳麻呂校注
わらんべ草　大蔵虎明　笹野堅校訂
千載和歌集　藤原俊成撰　久保田淳校注
謡曲選集　読む能の本　野上豊一郎編
東関紀行・海道記　玉井幸助校訂
おもろさうし　外間守善校注
太平記　全六冊　兵藤裕己校注
好色五人女　井原西鶴　東明雅校註
武道伝来記　井原西鶴　横山重・前田金五郎校注
西鶴文反古　井原西鶴　片岡良一校訂
芭蕉紀行文集　付 嵯峨日記　中村俊定校注
芭蕉おくのほそ道　付 曾良旅日記・奥細道菅菰抄　萩原恭男校注
芭蕉俳句集　中村俊定校注
芭蕉連句集　中村俊定・萩原恭男校注
芭蕉文集　潁原退蔵編註
芭蕉俳文集　全二冊　堀切実編注
芭蕉自筆　奥の細道　上野洋三・櫻井武次郎校注

蕪村俳句集 付 春風馬堤曲 他二篇　尾形仂校注
蕪村書簡集　大谷篤蔵・藤田真一校注
蕪村七部集　伊藤松宇校訂
蕪村文集　藤田真一編注
国性爺合戦・鑓の権三重帷子　近松門左衛門／和田万吉校訂
折たく柴の記　新井白石／松村明校注
東海道四谷怪談　鶴屋南北／河竹繁俊校訂
鶉衣 全二冊　横井也有／堀切実校注
近世畸人伝　伴蒿蹊／森銑三校註
うひ山ふみ・鈴屋答問録　本居宣長／村岡典嗣校訂
排蘆小船・石上私淑言 ―宣長「物のあはれ」歌論　本居宣長／子安宣邦校注
雨月物語　上田秋成／長島弘明校注
訳註 良寛詩集　大島花束／原田勘平訳註
新訂 一茶俳句集　丸山一彦校注
一茶 父の終焉日記・おらが春 他一篇　矢羽勝幸校注
増補 俳諧歳時記栞草 全二冊　曲亭馬琴編／藍亭青藍補／堀切実校注
近世物之本江戸作者部類　曲亭馬琴／徳田武校注

北越雪譜　鈴木牧之編撰／京山人百樹刪定／岡田武松校訂
東海道中膝栗毛 全二冊　十返舎一九／麻生磯次校注
浮世床　式亭三馬／和田万吉校訂
日本外史 全三冊　頼山陽／頼成一・頼惟勤訳
梅暦 全二冊　為永春水／古川久校訂
日本民謡集　町田嘉章・浅野建二編
誹諧 武玉川 全四冊　山澤英雄校訂
芭蕉臨終記 花屋日記 付 芭蕉翁終焉記・前後日記・行状記　小宮豊隆校訂
醒睡笑 全二冊　安楽庵策伝／鈴木棠三校注
俳家奇人談・続俳家奇人談　竹内玄玄一／雲英末雄校注
砂払 ―江戸小百科 全二冊　山中共古／中野三敏校訂
与話情浮名横櫛 切られ与三　瀬川如皐／河竹繁俊校訂
江戸怪談集 全三冊　高田衛編・校注
色道諸分 難波鉦 ―遊女評判記　酉水庵無底居士／中野三敏校注
弁天小僧・鳩の平右衛門　黙阿弥／河竹繁俊校訂
実録先代萩　黙阿弥／河竹繁俊校訂
橘曙覧全歌集　水島直文・橋本政宣編注

嬉遊笑覧 全五冊　喜多村筠庭／長谷川強・江本裕・渡辺守邦・岡雅彦・花田富二夫・石川了校訂
万治絵入本 伊曾保物語　武藤禎夫校注
鬼貫句選・独ごと　復本一郎校注
井月句集　復本一郎編
江戸端唄集　倉田喜弘編

《日本思想》〔青〕

風姿花伝 (花伝書)　世阿弥／野上豊一郎・西尾実校訂
世阿弥 申楽談儀　表章校註
五輪書　宮本武蔵／渡辺一郎校注
政談　荻生徂徠／辻達也校注
葉隠 全三冊　山本常朝／和辻哲郎・古川哲史校訂
童子問　伊藤仁斎／清水茂校注
養生訓・和俗童子訓　貝原益軒／石川謙校訂
貝原益軒 大和俗訓　石川謙校訂
都鄙問答　石田梅岩／足立栗園校訂
町人囊・百姓囊・長崎夜話草　西川如見／飯島忠夫・西川忠幸校訂
日本水土考・水土解弁・増補華夷通商考　西川如見／飯島忠夫・西川忠幸校訂

蘭学事始　杉田玄白　緒方富雄校註
吉田松陰書簡集　広瀬豊編
島津斉彬言行録　牧野伸顕序
塵劫記　吉田光由　大矢真一校注
兵法家伝書 付 新陰流兵法目録事　柳生宗矩　渡辺一郎校注
南方録　西山松之助校注
長崎版 どちりな きりしたん　海老沢有道校註
上宮聖徳法王帝説　東野治之校注
仙境異聞・勝五郎再生記聞　平田篤胤　子安宣邦校注
茶湯一会集・閑夜茶話　井伊直弼　戸田勝久校注
新訂 海舟座談　巌本善治編　勝部真長校注
西郷南洲遺訓 附 手抄言志録及遺文　山田済斎編
文明論之概略　福沢諭吉　松沢弘陽校注
新訂 福翁自伝　富田正文校訂
学問のすゝめ　福沢諭吉
日本道徳論　西村茂樹　吉田熊次校
新島襄の手紙　同志社編

新島襄 教育宗教論集　同志社編
近時政論考　陸羯南
日本の下層社会　横山源之助
中江兆民 三酔人経綸問答　桑原武夫 島田虔次 訳・校注
新訂 蹇蹇録 —日清戦争外交秘録　陸奥宗光　中塚明校注
茶の本　岡倉覚三　村岡博訳
新撰讃美歌　植村正久 奥野昌綱 松山高吉編
武士道　新渡戸稲造　矢内原忠雄訳
余はいかにしてキリスト信徒となりしか　内村鑑三　鈴木範久訳
代表的日本人　内村鑑三　鈴木範久訳
後世への最大遺物・デンマルク国の話　内村鑑三
求安録　内村鑑三
宗教座談　内村鑑三
ヨブ記講演　内村鑑三
足利尊氏　山路愛山
豊臣秀吉 全二冊　山路愛山
善の研究　西田幾多郎

西田幾多郎哲学論集 II —論理と生命 他四篇　上田閑照編
西田幾多郎随筆集　上田閑照編
帝国主義　幸徳秋水　山泉進校注
麵麭の略取　クロポトキン　幸徳秋水訳
日本の労働運動　片山潜
吉野作造評論集　岡義武編
貧乏物語　河上肇　大内兵衛解題
河上肇評論集　杉原四郎編
西欧紀行 祖国を顧みて　河上肇
中国文明論集　宮崎市定　礪波護編
中国史 全二冊　宮崎市定
大杉栄評論集　飛鳥井雅道編
女工哀史　細井和喜蔵
奴隷 —小説・女工哀史1　細井和喜蔵
工場 —小説・女工哀史2　細井和喜蔵
初版 日本資本主義発達史 全二冊　野呂栄太郎
寒村自伝 全二冊　荒畑寒村

遠野物語・山の人生　柳田国男
青年と学問　柳田国男
木綿以前の事　柳田国男
こども風土記・母の手毬歌　柳田国男
不幸なる芸術・笑の本願　柳田国男
海上の道　柳田国男
婚姻の話　柳田国男
都市と農村　柳田国男
十二支考 全二冊　南方熊楠
特命全権大使 米欧回覧実記 全五冊　久米邦武編 田中彰校注
明治維新史研究　羽仁五郎
古寺巡礼　和辻哲郎
風土 —人間学的考察　和辻哲郎
イタリア古寺巡礼　和辻哲郎
日本精神史研究　和辻哲郎
和辻哲郎随筆集　坂部恵編
倫理学 全四冊　和辻哲郎

人間の学としての倫理学　和辻哲郎
日本倫理思想史 全四冊　和辻哲郎
時と永遠 他八篇　波多野精一
宗教哲学序論・宗教哲学　波多野精一
「いき」の構造 他二篇　九鬼周造
九鬼周造随筆集　菅野昭正編
偶然性の問題　九鬼周造
時間論 他二篇　九鬼周造 小浜善信編
人間と実存　九鬼周造
復讐と法律　穂積陳重
パスカルにおける人間の研究　三木清
古代国語の音韻に就いて 他二篇　橋本進吉
漱石詩注　吉川幸次郎
吉田松陰　徳富蘇峰
林達夫評論集　中川久定編
新版 きけわだつみのこえ —日本戦没学生の手記　日本戦没学生記念会編
新版 第二集 きけわだつみのこえ —日本戦没学生の手記　日本戦没学生記念会編

君たちはどう生きるか　吉野源三郎
地震・憲兵・火事・巡査　山崎今朝弥 森長英三郎編
懐旧九十年　石黒忠悳
武家の女性　山川菊栄
わが住む村　山川菊栄
山川菊栄評論集　鈴木裕子編
覚書 幕末の水戸藩　山川菊栄
おんな二代の記　山川菊栄
忘れられた日本人　宮本常一
家郷の訓　宮本常一
大阪と堺　三浦周行 朝尾直弘編
新編 歴史と人物　三浦周行 林屋辰三郎 朝尾直弘 編
国家と宗教 —ヨーロッパ精神史の研究　南原繁
石橋湛山評論集　松尾尊兊編
湛山回想　石橋湛山
民藝四十年　柳宗悦
手仕事の日本　柳宗悦

南無阿弥陀仏 付 心偈　柳　宗悦
柳宗悦 民藝紀行　水尾比呂志編
柳宗悦 妙好人論集　寿岳文章編
雨夜譚 —渋沢栄一自伝　長　幸男校注
中世の文学伝統　風巻景次郎
日本の民家　今　和次郎
倫敦《ロンドン》！ 倫敦《ロンドン》？　長谷川如是閑
原爆の子 —広島の少年少女のうったえ 全二冊　長田　新編
大津事件 —ロシア皇太子大津遭難　尾佐竹　猛／三谷太一郎校注
幕末遣外使節物語 夷狄の国へ　尾佐竹　猛／吉良芳恵校注
古典学入門　池田亀鑑
イスラーム文化 —その根柢にあるもの　井筒俊彦
意識と本質 —精神的東洋を索めて　井筒俊彦
神秘哲学 —ギリシアの部　井筒俊彦
意味の深みへ —東洋哲学の水位　井筒俊彦
幕末政治家　福地桜痴／佐々木潤之介校注
渡辺一夫評論選 狂気について 他二十二篇　大江健三郎／清水　徹編

維新旧幕比較論　木下真弘／宮地正人校注
被差別部落一千年史　高橋貞樹／沖浦和光校注
花田清輝評論集　粉川哲夫編
新版 河童駒引考 —比較民族学的研究　石田英一郎
ヨオロッパの世紀末　吉田健一
英国の近代文学　吉田健一
訳詩集 葡萄酒の色　吉田健一訳
山びこ学校　無着成恭編
古琉球　伊波普猷／外間守善校訂
福沢諭吉の哲学 他六篇　丸山眞男／松沢弘陽編
政治の世界 他十篇　丸山眞男／松本礼二編注
超国家主義の論理と心理 他八篇　丸山眞男／古矢　旬編
娘巡礼記　高群逸枝／堀場清子校注
田中正造文集 全二冊　由井正臣／小松　裕編
唐詩概説　小川環樹
国語学原論 続篇　時枝誠記
国語学史　時枝誠記

定本 育児の百科 全三冊　松田道雄
ある老学徒の手記　鳥居龍蔵
大西祝選集 全三冊　小坂国継編
哲学の三つの伝統 他十二篇　野田又夫
信仰の遺産　岩下壮一
わたしの「女工哀史」　高井としを
中国近世史　内藤湖南
大隈重信演説談話集　早稲田大学編
大隈重信自叙伝　早稲田大学編
通論考古学　濱田耕作
転回期の政治　宮沢俊義
世界の共同主観的存在構造　廣松　渉
何が私をこうさせたか —獄中手記　金子文子
明治維新　遠山茂樹
禅海一瀾講話　釈　宗演
明治政治史　岡　義武

岩波文庫の最新刊

中地義和編
対訳 ランボー詩集
―フランス詩人選(1)―

十代半ばで詩を書き始め、二十歳で詩を捨てたランボー。伝説に包まれた詩人はなぜ天才と呼ばれるのか?『地獄の一季節』全文を含む主要作を原文・訳文・注解で味読する。
〔赤五五二-二〕 本体一〇二〇円

下村湖人作
次郎物語(三)

無計画のうちに強行した筑後川上流探検、実父が営む酒屋の番頭が引き起こした事件などを通して、急激な精神的成長をとげる次郎の姿を描く。(全五冊)
〔緑二二五-三〕 本体六四〇円

……今月の重版再開……

ラプラス著/内井惣七訳
確率の哲学的試論
〔青九二五-一〕 本体八四〇円

ド・ラ・メトリ著/杉捷夫訳
人間機械論
〔青六二〇-一〕 本体五二〇円

定価は表示価格に消費税が加算されます 2020.7